厦门文献丛刊

莲山堂文集

[明]陈如松 撰

陈峰 校注

厦门市图书馆 编

厦门大学出版社
XIAMEN UNIVERSITY PRESS
国家一级出版社
全国百佳图书出版单位

图书在版编目(CIP)数据

莲山堂文集/(明)陈如松撰;陈峰校注;厦门市图书馆编.—厦门:厦门大学出版社,2018.12
(厦门文献丛刊)
ISBN 978-7-5615-7113-2

Ⅰ.①莲…　Ⅱ.①陈…②陈…③厦…　Ⅲ.①中国文学—古典文学—作品综合集—明代　Ⅳ.①I214.82

中国版本图书馆CIP数据核字(2018)第223858号

出 版 人 郑文礼
责任编辑 薛鹏志
封面设计 鼎盛时代
美术编辑 张雨秋
技术编辑 朱　楷

出版发行 厦门大学出版社
社　　址 厦门市软件园二期望海路39号
邮政编码 361008
总 编 办 0592-2182177　0592-2181406(传真)
营销中心 0592-2184458　0592-2181365
网　　址 http://www.xmupress.com
邮　　箱 xmup@xmupress.com
印　　刷 厦门市明亮彩印有限公司

开本 880 mm×1 230 mm　1/32
印张 7.25
插页 4
字数 200千字
印数 1～2 000册
版次 2018年12月第1版
印次 2018年12月第1次印刷
定价 48.00元

本书如有印装质量问题请直接寄承印厂调换

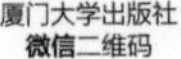
厦门大学出版社
微信二维码

厦门大学出版社
微博二维码

厦门文献丛刊
编　委　会

主　编　林丽萍
顾　问　洪卜仁　江林宣　何丙仲
编　委　陈　峰　付　虹　叶雅云　薛寒秋
　　　　陈国强　陈红秋　吴辉煌

《莲山堂文集》编校人员

校　注　陈　峰
审　校　吴辉煌
编　务　池莲香　张元基

厦门文献丛刊
总　　序

厦门素有“海滨邹鲁”之誉，文教昌明，人文荟萃，才俊辈出，灿若群星。故自唐代开发以来，鸿章巨著，锦文佳作，层见叠出，源源不绝，形成蔚然可观的厦门地方文献。作为特定地域之人文精神的载体，这些文献记录了厦门地区千百年来之历史发展与社会变迁，讲述着厦门地区千百年来之政教民生与人缘文脉，是本地宝贵之文化遗产，更是不可多得的地情信息资源，于厦门经济建设之规划与文化发展之研究，具有彰往考来的参考价值。

然而，厦门地处滨海扼要，往昔频遭战乱浩劫，文献毁荡散佚颇多，诸志艺文所载之厦门文献，十不存三。而留存于世者，则几成孤本，故藏家珍如拱璧，秘不示人，这势必造成收藏与利用之矛盾。整理开发厦门文献，是解决地方文献藏用矛盾的有效手段。它有利于地方优秀传统文化之传播，有利于发挥地方文献为当地社会和经济发展服务之作用，从而促进地方文献的价值提升。因此，有效地保护、整理与开发利用厦门地方文献，俾绵延千百年之厦门地方文献为更多人所利用，已成当务之急。

保护人类文化遗产是图书馆的重要职能之一，而开发利用文献资源更是图书馆的一个重要任务。近年来，厦门市图书馆致力于馆藏地方文献的搜集、整理与开发，费尽心思，不遗余力。为丰富地方馆藏，他们奔走疾呼，促成《厦门地方文献征集管理办法》正式颁布，为地方文献征集工作提供法规保障；为搜罗地方珍本，他们千里寻踪，于天津图书馆搜得地方名士池显方的《晃岩集》完本，复制而归，俾先贤文献重返故里；为发挥馆藏效用，他们更是联袂馆人，群策群力，编纂《厦门文献丛刊》，使珍藏深闺的地方文献为世人所利用。厦门图书馆人之努力，实乃可贺可勉。

余观《厦门文献丛刊》编纂方案，入选书目多为未曾开发的地方文献，其中不少是劫后残余、弥为珍贵之古籍。如明代厦门文士池显方的《晃岩集》、同安名宦蔡献臣的《清白堂稿》等，皆为唯一存世的个人文集，所载厦门、同安之人文史事尤多，乃研究明代厦门地方史之重要文献；又如清代厦门文字金石名家吕世宜的《爱吾庐笔记》、《爱吾庐题跋》等作品，乃其精研文字，揣摩金石之心得，代表清末厦门艺术研究之时风；再如宋代朱熹过化同安时所著的文集《大同集》、明代曹履泰记述征剿海上武装集团的史料文献《靖海纪略》、清代黄家鼎权倅马巷时所著的文集《马巷集》、清代沈储记述闽南小刀会起义的史料文献《舌击编》等，亦都是厦门地方史研究的重要资料。这些古籍文献，璞玉浑金，含章蕴秀，颇有史料价值。更主要的是这些文献存世极少，有的可能已是存世孤本，亟待抢救。《厦门文献丛刊》之编纂，不以尽揽历代厦门文献为能事，而是专注于这些未曾开发之文献，拾遗补缺，以弥补厦门地方文献开发利用之空白，实乃匠心独运之举。

《厦门文献丛刊》虽非鸿编巨制，然其整理、编纂点校工作繁重，决非一蹴可就。愿编校人员持续努力，再接再厉，使诸多珍贵的厦门文献卷帙长存，瑰宝永驻，流传久远，沾溉将来。

是为序。

罗才福

己丑年岁首

任意率情皆文章

——陈如松与《莲山堂文集》

古代属文之士多以别集传世，藉以立言立德，而传为不朽。然而并非人人皆能藉文章以传，百千年来，文献浩如烟海，而传于后世又有几多？名人佳作，世人推崇，或能流芳百世。然而历代战乱灾荒频仍，士庶播迁流离，文献毁荡散佚颇多，可存世者十有二三即为万幸。明代同安陈如松的《莲山堂文集》，初刻于明崇祯十七年（1644 年），而后却湮没不可考。直至民国初年，有同安陈延香者，崇仰陈如松之气节，将其父珍藏的《莲山堂文集》抄本，订正刊行，是书方得重光。故曰“人固藉文章以传，文章亦有时藉人而传”。

陈如松（1564—1647），字白南，一字时长，自号笑道人，明代福建同安从顺里西浦（今厦门市同安区西柯镇西浦自然村）人，祖籍同安翔风里下坑（今属金门县）。幼虽聪慧，然家境清贫，二十三岁方经童生试入学为生员。万历二十八年（1600 年）由廪生选送入国子监读书，自嘲“破家入监。原无百金之产，人又笑之，而孟浪举事……”（《莲山堂文集·出处大略》）至万历四十年（1612 年）方中举人，时已四十九岁。后会试屡考不第，决意就仕，于四十四年（1616 年）乃选得浙江萧山知县，后补广东信宜知县，调繁河源知县，擢苏州太仓知州。天启四年（1624 年）致仕归田，前后任官八年。

陈如松实职任官，仅有八年，且尽在州县，仕途似乎平淡无奇。然而无论是任职萧山、调繁河源或是擢守太仓，陈如松都是有所作为的。在萧山，陈如松主持南徙萧水河道之事，于霪头闸横筑一拦水堤坝，再开双河塍通运河，令城河之水南流，经大通桥再折向东流，以便舟楫。阅两月改河事竣，于河上建桥三座，总共耗费七百余金。改河工程完成后，于大通桥对岸拓地建一座七级砖塔，虽费至千金，然未尝耗费府库钱财。萧山改河，便利交通，造福百姓；振兴文运，启发人文，故萧山民众世代感激。直至清道光十七年（1837 年），萧山人民仍感念陈如松筑坝建塔致使萧山人文兴盛之事（古时多有“文运振兴缘塔而起”之说），于萧水之上公修一座文昌桥，桥旁题上对联“人杰忆陈公筑坝启人文人文乃盛，地灵推萧邑成浦开地利地利聿兴”，以示纪念。而其履责办案，则明察秋毫，行事果断，神速立决。曾有一个下午出堂连审三十五宗事状，当堂即出审语，绝无隔宿之案，时人称为“升米官司”，以其持升米做午饭，便可结案回家。而所审之事，无称冤者，尽皆允服。

陈如松为官不贪，廉洁自好。有管库属吏于退衙之后备办酒食呈进，陈如松呵叱责去。其陪同上级司台外出视察，肚饥则以袖中之钱购买粗粮食用。拂衣辞归，两袖清风，闲居林下，破屋三间，若似未曾做官之人。

更令人尊重者，乃其守正不阿，嫉恶如仇的为官品质。在萧山，陈如松不愿阿附浙江巡抚刘一焜，遂为其所憎。每年四月，刘一焜例亲巡海，途经萧山，辄借口公事不为奉行，恣肆呵斥，非礼相加。陈如松不服而自辩，义正辞严，刘一焜愈加憎恨。因当时巡按浙江的御史朱阶对陈如松之评价甚佳，欲“将首荐之”，故刘一焜不敢随意弹劾。而不久朱阶不幸而殁，刘一焜即刻发檄绍兴知府，令其罗织罪状。绍兴知府张鲁唯深明大义，执不肯报，而刘一焜屡强胁之。张鲁唯具实以褒言上报，直气得刘一焜暴跳如雷。在河源，退休宦绅李某父子兄弟占人物业不可胜计，乃至霸占学宫为私室，历任知县奈何不得。陈如松不畏强权，伸张正义，下车伊始即将被占物业悉以收还，百姓拍手称快。在太仓，考试生童，秉公办事。有宦某请托录送一童生，陈如松阅其卷，以为水准不够，坚持不受。宦某大怒，然无可奈何。

陈如松仕途虽仅八年，却以循绩蜚声江浙、南粤。在其致仕八年之后，尝自京师雇船南归，行至济宁，河道为粮船所塞，舟不能移。粮船舟人听闻乃“旧萧山陈爷”之船，纷纷为之寸拨寸移，将客船送出五里之外。已是卸职多年、时过境迁之州官，犹能令粗犷不识字之人为之尽力，足见其宦绩在于百姓心头。有明之季，国运已衰，吏治败坏，而似陈如松如此努力作为、廉洁自好并且守正不阿、嫉恶如仇之循吏，确实难得。无怪乎时任浙江巡按御史朱阶评价其“浙中吏治惟陈萧山第一”，而《浙江通志》、《太仓州志》将其列入《名宦传》中。

陈如松著有《莲山堂文集》二卷。该书辑其论、说、记、序、赞、赋、行状、志铭、檄文等，凡九十三篇。其文多为短小，但极精悍，内容包罗万象，字里行间显现着深邃的哲理。正如近人叶耀垣在序中评其文：“上而天地之大，宗教之隐，下而家常之细，鷦虱之微，无不娓娓而言，彻上彻下。”大者，如《地理》，纵论“仰观”、“俯察”天地之术，提出“由人故可以知地，由地故可以知天”之观；如《论礼》，则条分缕析，阐述“先王之为教”，“礼为最先”。细者，如《借谷》，即小见大，以借谷之小事发见“凡事当极蹙之时，辄有意外之喜，而极喜之中，又辄有未尽之恨”的常理；如《祝虎》，则触类旁通，于祝虎者反被虎啮之例，论证“凡迫胁人之事，不可以为常”之道理。而《触暑》、《扪虱》、《内隐》等短文，无不见微知著，充满哲理。

陈如松之为文，无论是论说、记序，还是赞赋、志铭，亦透射着其落拓不羁、守正不阿的个性。在《记事》文中，他对《论语集注》“君子居是邦，不非其大夫”句发其独特之微，曰：“使无可非而非之，是过毁也；使有可非而不非之，是曲隐也。大夫之莅吾土者，方望其煦育覆露，为群生倚命。倘行事未妥，利病关切，而自同寒蝉，不启一齿，岂以善相成之谊，亦非爱吾桑梓之情矣。”此言正是其行事耿直之写照。《陋室记》文中，他写道：“乐哉！是室也，有壁可以悬书画，有几可以供佛灯，有案可以置笔研，有榻可以睡，有磴可以据。虽斗室之内，固已有长物矣。”一副安贫乐道之心态，令人起敬。更可贵者，他以此心态待物处世，“计吾之处于天地之间，犹吾之处于一室也”，故能在宦海之中做到廉洁自好，守正不阿。在《辞不赴乡饮启状》文中，对其时乡饮设席“滥觞之甚，论爵而不论人”的滥俗深感恶绝，特撰启状，“与其匪人之滥觞，宁使西席之虚左”，坚辞乡饮宾席。通篇启状，呈现出陈如松自知之明的高贵品质。更为体现其勇于自我解剖之文，则是《出处大略》。此文回顾自己八十一年人生足迹，即实录平生之德行宦绩，亦直面曾有的赌博陋习与到京几选之“自愧恨者二事”，由此可见陈如松的坦荡胸怀。而其行文之中的任意率情，更是俯拾皆是。如《敕赠文林郎广东惠州府河源县知县考君逸吾志铭》，乃陈如松亲自操刀为其父作墓志铭，颇有挑战世俗之气概。而《笑道人自叙》、《笑道人自赞》，则嘻笑怒骂，洋溢率真之情趣。叶耀垣在序中评曰：“白南先生之为文，虽信笔自书，自成妙谛。白南先生之为人，虽潇洒自如，不衫不履，然而廉洁自好，内省綦严。故能为官不贪，处世不苟，皭然不滓，一如其文。”此乃对其为文处世极为准确之评价。

《莲山堂文集》涉及厦门地方人事之篇目不算太多，当是陈如松中年时期远游在外，而晚年归田后又“不入城市”，不问公门之事，故是书有关地方文章仅十余篇。然在这些为数不多的篇章之中，还是可以看到其于地方交游之行迹，亦从中窥见陈如松的文思。

在同安，陈如松所交之友，有蔡献臣、蔡复一、陈基虞、王道显等官绅，于国于乡皆为有功之人。虽然书中与其相关文章不多，但从中亦可领略他们之间的友谊。

蔡献臣（1563—1641），字体国，号虚台，别号直心居士，福建同安平林（今属金门）人。明万历十七年（1589 年）进士，官至南光禄寺少卿。蔡献臣长陈如松一岁，然其释褐比陈如松早二十五年。而且陈如松选浙江萧山知县时，蔡献臣任浙江按察司巡海道右参议，次年又升浙江按察司提学副使，均对萧山知县有监司之权，故陈如松有“前后辈”之自谦，对蔡献臣尊敬有加，引为“知己师友”。在《告奠虚台先生词》文中，陈如松写道：“常在娄公包容之下，数日不相见，即为齿及。而一见语多移时，皆文章经制，及评品之事，则知己师友也。”对蔡献臣任职礼部时之“侃侃执绳”，督学浙中时之“廉而能决”甚为敬佩，赞誉其“‘清白’名堂，自是本色”。

蔡复一（1577—1625），字敬夫，号元履，明代同安刘浦保蔡厝（今属金门）人。万历二十三年（1595 年）进士，官至兵部右侍郎总督贵州、云南、湖广三省军务兼贵州巡抚，卒于平越军中，谥清宪。蔡复一比陈如松小十四岁，而官价正二品，大大高于陈如松。蔡复一虽身居高位，却与陈如松定为忘年交，时常吟咏唱和，对其道德人品甚为敬重，尝言“若在圣门，当居子路、曾点之列”。陈如松感念此情，更为蔡复一“以死报国”之举涕泗交下，执笔奋书《哀元履蔡道兄词》一文，磅礴正气跃然纸上。

陈基虞（1565—1643），字志华，号宾门，福建同安阳翟（今属厦门同安区）人。明万历十七年（1589 年）进士，初授萧山知县，官至广东按察副使。陈基虞小陈如松一岁，然出道比陈如松早得多。两人的首次官职皆为萧山知县，但陈基虞任职早陈如松二十八年。与前述的“大小蔡”一般，陈基虞亦与陈如松深交。他曾对陈如松说：“德行、文学、政事之科，兄有其三，独言语短耳！然未知其心热口快，略无婉转忌讳者之果为短与为长也！”足见其对陈如松甚为了解。

陈如松与之交游者，不仅仅是同邑之达官贵人，更有一般乡绅、学子乃至平民百姓。他为官至右春坊右庶子兼侍读的黄国鼎作传，因黄国鼎重情重义；他为邑之木匠才新作传，因才新“虽小道必有可观者焉”；他为同安训导陆起龙调罗田县教谕作送序，因陆起龙为同安“捐资修宇，文质兼隆”，故作“《甘棠》之咏”；他为杨能玄之诗作序，因感杨能玄诗如“置之海岛之间，聆其奔沛泙崩之音”；他为端平岩僧人学陀的诗集作序，因“喜其清婉韵致”。在《莲山堂文集》中，虽然也有些应景之作，但多数文章皆是陈如松有感而发之作，从中可窥其端直的言辞和俊爽的意气。

陈如松虽自称“不入城市”，然于地方利病安危之事，仍是事事关心，“邑有利病，所宜条陈，不敢同于寒蝉。而海寇纷扰，则集众捍御，不辞总督之劳”。(《莲山堂文集·出处大略》) 他应同安知县曹履泰之请，作《议招抚郑芝龙檄文》，以招抚郑芝龙海商武装集团，便是其中一例。天启年间，东南沿海最大的海商武装集团首领郑芝龙，聚众出没东南沿海，以台湾为根据地，设官建置，形成粗具规模的割据政权。其势日炽，屡败明都督俞咨皋，逼近中左所。明政府无力剿灭，便转而招安。《议招抚郑芝龙檄文》一文，即以历代绿林好汉之结局为例，告诫海上诸君，“抗国威，毒民命”未能得久远，又以忠孝之事劝谕诸众，“解散归家，见其父母妻子，各营生理”。全文恩威并济、软硬兼施而言辞恳恳，意在诱迫郑芝龙及其他海上武装受抚。而其中的一段话颇有意思，即劝郑芝龙效虬髯公称王扶余国故事，占据台湾，“不忘本朝，奉我正朔”，“部署诸众，分据要害，稍有缓急，亦可互为应援”，称此为“真正英雄举事也”。此等主意，其实代表明朝政府既无力剿灭郑芝龙，又想利用这支海上势力与荷兰人抗衡，并镇压其他“海盗”的思路。此篇檄文对郑芝龙之影响多大，无从得知。然郑芝龙“光耀门闾”的思想，最终使其受抚“得一爵相加”，且转身追剿昔日曾一起出没波涛之中的刘香等海盗，“为朝廷效死力”。或许此篇檄文也曾发挥作用。

除此篇檄文之外，陈如松之文作，尚有为白礁宫慈济宫之重建所作《重建白礁宫募化疏》，为金门祖家下坑陈氏重建大宗祠撰写《议重建陈卿大宗祠堂引言》，均为其贡献乡闾之记录。

陈如松的《莲山堂文集》，前有自序，后有自述《出处大略》，日期皆署崇祯十七年（1644 年），即明朝灭亡、崇祯殉国的甲申之年。民国初年陈延香重刊该书，民主志士丘复等人纷纷为重刊作序，以为陈如松此举，乃“怆怀故国，绝笔于异族入主之初”（《莲山堂文集·重刊本序一》），视其为忠臣义士，“断定先生之大节可谓善”。因而感念“先生之名已早垂不朽，而先生之文，苟令其长此湮没，讵非一大憾事”（《莲山堂文集·重刊本序六》），于是有丘复“订正讹误”，陈敬贤“备资刊刻”，遂使是书以广其传，而陈如松之廉退高风，藉此垂为世范，以成不磨灭者也！

目　录

序

著者小传

补　录

卷　上

卷　下

补 遗

序

原本自序

［明］陈如松

天下之最无益于事而盛行于世不磨灭者，文章是也。自古以来，作者盖寡，予小子何必有集？然古已如此，而予小子何必无集！古人已往，想不恨乎不见今人，则今人之不见古人，亦无可我恨也。予何敢言文，然其议论喜近于名理，凡生平笔研之事皆不属意，不起草，肆尔而成，觉心与手若两相应者。昔韩昌黎谓，人小笑则小好，大笑则大好，此犹有人之见者存也。好丑自信如冷暖自知，人何预焉。笑与不笑，不以问之世人，惟自笑而已。姑刻而存之。

崇祯十七年甲申，同安陈白南自序

重刊本序一

[民国]丘　复[1]

明同安陈白南先生《莲山堂集》都文九十余首。莲山堂者，先生尝梦红莲自天而降，落怀中，因颜其所居，即以名其集。前有自序，后有自述《出处大略》，皆成于崇祯甲申，为烈皇殉国之年[2]。盖犹是渊明义熙纪年微意云尔。

予尝以谓有明之亡，烈皇未闻失德，卒以身殉，兼之种族沦夷，衣冠禽兽，为数千年未有之奇变。故忠臣义士感激痛愤，挥鲁戈、返坠日者相续不绝。一时遗民如宁人[3]、梨洲[4]、躬庵[5]、叔子[6]诸老，莫不奔走四方，求得一当余风所扇。后生小子亦凛然夷夏之防，如继庄[7]、恕谷[8]、昆绳[9]、鳌石[10]之徒，忽南忽北，不皇安处，皆有为而。然所志不达，不得已而著书立说，使微言大义伸于后世。人心渐渍，已深阅二百六十余年，卒收其效，未始非先民在天之灵所默相也。

当烈皇殉国日，先生年已八十有一。维时闽泉为洪承畴[11]所染，甘□□□□。一郡之中，尔公尔侯居方镇、握重兵者不胜纪。先生独生长是邦，怆怀故国，绝笔于异族入主之初，其视当时靦颜事仇，甘为臣虏者，为何如人耶？今读其文，冲和平易，不作剑拔弩张之态，亦无骨鲠不吐之谈，夷然旷然，一似达观者流，而不知其于人心世道之防早于金瓯无恙、文酣武嬉之日，深忧远虑时形诸文字间矣。且尝应当道之请，草招抚郑芝龙[12]檄，责其既自负英雄之才，何不为英雄之举。台湾内接门户，〈外通诸夷〉，盍效虬髯公[13]故事，为扶余国[14]王而后不忘本朝，奉我正朔则当持节册封，永为藩服，稍有缓急，亦可为国家应援其后。延平[15]卒取其地，存有明正朔于海外者三十七年，谓非先生此文有以启之哉！

先生少学文，见制义即掷不观，曰："此三家村买牛券[16]耳！"独心好古文辞。起家乡榜，历宰州县，均有称淡于荣利，不十年告归。其论文章之妙，在吐其心之所欲言，口与心一。尝欲特创一祠，文章以庄、马为正宗，以韩、苏配；诗以陶为正宗，以元、白、李、杜配；书以钟、王为正宗，以怀素、颜、柳及米元章配。可以识其旨趣矣。予独以先生之文绝笔甲申，其隐衷人或忽而不察，晦而不彰，特暴之以谂当世。因思明清之交，吾先民义不帝秦，或断脰绝粒，或被发荒山，逃遁以死者夥矣！不意二百六十年后，掷诸先烈无数之心血、颈血得恢复我自主之权，建立民国于今六年，尚有不识时、不知耻之徒燃其死灰，甘奉孺子婴而为之奴隶者，其殆丧心病狂。抑或闻闽泉洪氏之风，思得清高宗其人为之重列贰臣传乎？"镌功奇石张弘范，不是胡儿是汉儿"[17]，百世而下，将重为吾汉族羞矣。发潜阐幽以愧当世之蓄阴谋、怀不逞者，固后起之责，谅亦先生所许也。

先生族裔延香，吾党健者，同事省议会有年，将印刷是集，以传先哲。因旧本转写讹误滋多，属为订正。郁郁山居，痛国步之多艰，愤奸雄之狂妄，校订之余，辄书此以复延香。吾不知其痛愤更当何似，若仅曰借酒杯浇垒块，则予不任受，抑又能读先生之文而知先生之心者哉！

中华民国六年七月十日，上杭丘复

[1] 丘复（1874—1950），原名馥，字果园，别号荷生，福建上杭县兰溪镇曹田村人。清光绪二十四年（1898年）中举人。宣统三年（1911年），入"南社"，倡导民主。民国初年，任省议会议员，1924年补为参议院正式议员，未赴任。1925年，广东嘉应大学聘为教授，从事教育。著有《念庐诗稿》等，尝编纂上杭、长汀、武平等县志。

[2] 烈皇殉国之年，即指崇祯皇帝自缢北京煤山的崇祯十七年（甲申年，1644年）。

[3] 宁人，即顾炎武（1613—1682），南直隶昆山（今江苏昆山）人，本名绛，别名继坤、圭年，字忠清、宁人。南都败后，因仰慕王炎午为人，改名炎武。投笔从戎，参与抗清。明亡，以“故国遗民”、“优游文酒”，累拒仕清。为明末清初的杰出的思想家、经学家和史地学家，与黄宗羲、王夫之并称为明末清初“三大儒”，著有《日知录》、《天下郡国利病书》等。

[4] 梨洲，即黄宗羲（1610—1695），浙江余县人。字太冲，一字德冰，号南雷，别号梨洲老人、梨洲山人等，学者称梨洲先生。明亡抗清，兵败隐居，入清拒仕，著述以终。为明末清初经学家、史学家、思想家、地理学家。有“中国思想启蒙之父”之誉，提出“天下为主，君为客”的民主思想。著有《明儒学案》、《宋元学案》等。

[5] 躬庵，即彭士望（1610—1683），字躬庵，又字达生，江西南昌人。敬佩黄道周，道周陷狱，竭力营救。甲申事变，为抗清将领杨廷麟募兵。杨廷麟战死，为其抚养遗孤。清兵围攻南昌，避难宁都，与魏禧等九人志气相投，躬耕相食，论道讲学于宁都易堂，世称“易堂九子”。晚年讲求实用之学，反对空谈。著有《手评通鉴》、《春秋五传》、《耻躬堂诗文集》等。

[6] 叔子，即魏禧（1624—1681），字冰叔，号叔子，又号裕斋，宁都县城关人。明末，与当地官绅一道，积极筹划起兵勤王，后避祸城西北翠微峰上，垦荒造地，据险御敌。诸多士友亦迁居此山，谈学论文，一时为盛。为文长于策、论，主张经世致用，颂扬民族气节，具有浓烈民族意识。著有《魏叔子文集》、《左传经世》等。

[7] 继庄，即刘献庭（1648—1695），字继庄，又字君贤，别号广阳子，直隶大兴人。南明亡，举家南隐于吴江，后浪迹天涯。康熙二十六年（1687年），北上应聘，入京参明史馆事。广阳学派创始人，主张经世致用。著有《广阳杂记》。

[8] 恕谷，即李塨（1659—1733），字刚主，号恕谷，直隶蠡县人。康熙二十九年（1690年）举人，选通州学正。哲学家，师从大学者颜元，为颜李学派始创人，主张“经世致用”“利济苍生”。著有《四书传注》、《周易

传注》等。

[9] 昆绳，即王源（1648—1710），字昆绳，号或庵，直隶大兴人。康熙三十二年（1693年）举人。清初思想家，与李塨师从颜元。重视经世致用之学，主张土地官有，唯耕者有其田。康熙五十年（1711年），因给《南山集》作序，处斩刑。著有《平书》、《居业堂文集》等。

[10] 鳌石，即刘坊（1658—1713），原名琅，字季英，号鳌石，汀州上杭人。祖父刘廷标、父刘之谦皆死于清，故以两世忠贞之后自励，誓不仕清，终身不娶。云游四方，博学，著述甚丰，著有《天潮阁集》等。

[11] 洪承畴（1593—1665），字彦演，号亨九，福建南安英都人。明万历四十四年（1616年）进士，崇祯时官至兵部尚书、蓟辽总督，松锦之战战败被俘。后降清，成为大学士。清顺治元年（1644年）四月，随清入关。抵京后以太子太保、兵部尚书兼右副都御史衔，列内院佐理机务，为清廷满汉合流献计甚多。卒谥文襄。

[12] 郑芝龙，里居、阅历见《明太仓知州同安陈公传》注。

[13] 虬髯公，即虬髯客，传奇小说中的人物名，本名张仲坚，隋末人，赤髯如虬，故号“虬髯客”。从师于昆仑奴，艺成后欲起兵图天下，于旅邸遇李靖、红拂，与红拂认为兄妹。后见李世民，自愧不如，遂将家产赠于李靖夫妇后独自离开。后组织了十万兵马，杀入海中扶余国，灭其政权而自立为帝。

[14] 扶余国，或指朝鲜半岛附近的岛国。历史上的扶余国位于朝鲜半岛北部吉林省境内，公元前2世纪立国，到494年东扶余国被高句丽灭国。

[15] 延平，即延平郡王郑成功。

[16] 三家村，偏僻的小乡村，意为不知名；牛券，指买卖牛的契约；买牛券，即赶牛的，在古代是低贱的行业。三家村买牛券，意思是无名的最低等人（或事）。

[17] “镌功奇石张弘范，不是胡儿是汉儿”句，出自明朝广东提学赵瑶题的讽刺张弘范诗——《观崖山奇石》。张弘范（1238—1280），字仲畴，蒙古汉人，元初大将。随元帅伯颜南下攻打南宋，于崖山指挥全歼宋军余部的灭宋之战。后在崖山刻下了“镇国大将军张弘范灭宋于此”的字样。赵瑶诗句即讽刺其身为汉人，却灭亡自己的民族。

重刊本序二

［民国］范毓桂[1]

胡稚威[2]有言曰："古今人皆死，惟能文章者不死。虽有圣贤豪杰，离文章则其人皆死。"余谓人固藉文章以传，文章亦有时藉人而传也。今试取一书读之，不终卷辄为之神王，必其文作作有芒，不则必其人为圣贤、为豪杰。庄周、屈原之文，读之至忘寝食，固由其文章之奇，然读语录而不觉其鄙俚者，岂不惟其人哉？荒江老屋，衰草孤坟，过其间者望望然去之。苟有告以此某名士之故居也，此某畸人之遗冢也，则必为之四顾，为之踌躇，为之流连而凭吊。呜呼！文章之于人，有□□□□而已。

吾闽陈白南先生，当明之季以循声蜚江浙间。十数年后，事过境迁，犹能令粗犷不识字之人，闻萧山陈爷之声，为之尽力，是岂幸而致之者乎？余尝考朱元璋开国之后，惩元季吏治纵弛，重绳贪吏，置诸严典，由是仕途澄清者百余年。万历之季，征发频仍，矿税四出，不复加意循良之选，吏治于是乎败坏，民生以之而凋敝，故《明史·循良传》万历以后无一人焉。然观当时，若吴履[3]之摘［擿］发奸伏，田铎[4]之诛锄豪猾，其循□□□□生以一身兼之，而独不得焜耀史册于以见官书，予夺之不足信。又以见亡国大夫惟利是征，民生疾苦，官吏贪残，固无暇计及之也。

戊午夏，延香过沪，手先生遗稿付印刷，并属为之序。余敬先生治行之卓异，因其人而及其文。窃愿据有城社者读先生斯集，因其文而师其人，吾国其犹有豸乎？

民国七年八月，建宁范毓桂序
于上海商务印书馆编译所

[1] 范毓桂，建宁城关人。清光绪三十二年（1906 年）毕业于全闽师范学堂。民国三年（1914 年），应建成宁县知事聘，主编《建宁县志》。曾当选福建省议会议员、北京国会参议院议员。

[2] 胡稚威，即胡天游（1696—1758），一名骙，一度改姓方，字云持，又字稚威，号松竹主人，又号傲轩。山阴（今浙江绍兴）人，清雍正七年（1729 年）副贡。善作骈体文，为清代骈文家、诗人，代表作有《大夫文种庙铭》、《逊国名臣赞序》、《柯西石宕记》等。

[3] 吴履，字德基，浙江兰溪人。明朝著名循吏。少年师从名士梦吉，熟读《春秋》诸书。李文忠荐于朝廷，授南康丞。南康风俗凶悍，视其懦弱。不数月，吴履却破案抓奸如老狱吏，众皆大惊，相继收敛形迹。于是放宽政策，让百姓休生养息。后迁安化知县，又迁潍州知州。

[4] 田铎，字振之，山西阳城人。成化十四年（1478 年）进士，授户部主事，升户部员外郎、户部郎中。弘治二年（1489 年），因事连坐，谪蓬州知州。在任期间，惩治豪强地主，升任广东佥事。改为四川参议，不赴，以老疾告归。

重刊本序三

[民国]叶耀垣[1]

莲之为物，中通外直，不蔓不枝，皭然泥而不滓，花卉之清贵者也。唐之李太白以名其名，明之陈白南以名其集。两公相去千有余载，而皆有所取于莲，莲肖人乎？人肖莲乎？太白之诗，脍炙人口已久，可无论矣。白南之文，则有若《语抄》，有若《学庸解》，有若《百篇诗》，有若《老来吟》，皆散失不传，传者唯此《莲山堂集》。文字之有幸有不幸，盖如此也。文凡九十余首，上而天地之大，宗教之隐，下而家常之细，鷦虱之微，无不娓娓而言。彻上彻下，触类旁通，即小见大，有左右逢源之乐，无格格不吐之谈，使人读之欣然忘倦，则信乎其为不朽之业矣。抑小子所以有感于斯文者，尤不特此也。

白南先生之为文，虽信笔自书，自成妙谛。白南先生之为人，虽潇洒自如，不衫不履，然而廉洁自好，内省綦严。故能为官不贪，处世不苟，皭然不滓，一如其文。观于其所为《出处大略》，顾形履影，歉然以二事自责，则可知其惩忿窒欲之功，固早已持之有素也。方今之世，人欲横流，道德坠地，凡地位愈高者，行为愈鄙，而人格亦不可问；声望愈隆者，嗜欲愈炽，而公理可不必言。试为察其所以致此之由，大都不胜外界之引诱而恍焉、忽焉，遂完全失其固有之良知。此世风所以日坏，而国事所以弥不可为欤！

先生生于有明之季，国运已衰而尚能挺然自拔于一时，而其所为文犹至今为世宝贵。今民国之建甫七载，而士夫风度颓败乃至若是，岂非所谓抱璞则完、溷世则缺。苟一点灵光之不灭，则虽千秋万祀如一日哉！然则斯文之付梓也，何可稍缓？而吾友陈君延香之抱残守缺也，亦良足多矣。爰为之序。

民国七年五月，后学晋江叶耀垣谨识

[1] 叶耀垣（1876—1966），即叶青眼，原名拱，又字文星，福建晋江人，前清廪生。早年在闽台两地从事教育事业，1908 年应聘执教于英华书院，由陈新政介绍加入同盟会，更名为“青眼”。期间与陈新政、许卓然等共图光复厦门及泉属各县。二次革命失败后，孙中山先生亲自委任为中华革命党福建支部长，在闽发动反袁斗争。旋赴菲律宾任教。新中国成立后，居泉州，历任福建省文史研究馆馆员，泉州市政协第一、二届委员，第三届常委。

重刊本序四

[民国]吴锡璜[1]

邑之西北有莲山焉，峰峦耸翠，绝肖莲花，吾同之名胜也。山川钟灵秀之气，其间必有杰士畸人以德行文章垂为世范，或假物以传，或其人传并其地而亦传。故宋周茂叔[2]以爱莲著为说，明陈如松即以“莲山”名其堂，而皆有德行文章可名于世。盖贤人君子之取义于莲，异世同符，有如是夫。

白南先生处有明之季，其时仕途芜秽，奔竞成风。先生独能守正不阿，孳孳焉以民隐为念，上官之喜怒均非所计。服官数年，若萧山，若太仓，若河源，若信宜[3]，至今犹盛称先生之吏治弗衰。其清理廉退，功德在民，有如此者。以视近世士大夫夤缘干进，贿赂公行，凡可以博长官意欲者，虽百计营求，不惜为小人卑鄙之行，甚且祸延苍生，亦有所不恤。前后不过数百年，抑何贤不肖之相去，乃不可以道里计耶？今读先生《莲山堂集》，渊懿古懋，一种朴诚之气流露行间。又每于小中见大，言外见意。盖以世道人心为重者，不谓之纯乎古文而不可也。

戊午首夏，余将游西湖，陈君延香出先生集问序于余，云将请陈君敬贤备资刊刻，以广其传。余自愧谫陋，何足以序先生之文。顾念乡先辈以有功世道人心者著为文集，其功德在民，即其文章亦应垂诸不朽。是必有鬼神呵护，方仅留此断简残编，藉二君以永其传者。后之人善读古书，诵先生之文，对于先生之廉退高风，必能敦崇之，以为世范，于世道人心必非小补。用特书其事，以告来者。

民国七年四月，邑后学吴锡璜序于杭州西湖之新新旅馆

[1] 吴锡璜（1872—1950），字瑞甫，号黼堂，福建同安人，近代医家。光绪年间，悬壶于厦门，并创办“厦门国医学校”。民国十二年（1923年）应聘主编《同安县志》。日寇占领期间，拒为日寇服务，移居新加坡。有《中西温热串解》等多种医学著作行于世。

[2] 周茂叔，即周敦颐（1017—1073），字茂叔，号濂溪，北宋道州营道楼田堡（今湖南道县）人，著名哲学家，理学开山鼻祖。著有名篇《爱莲说》。

[3] 萧山，即今浙江杭州市萧山区，古称余暨、永兴，属绍兴府；太仓，位于江苏省东南部，长江口南岸，今为苏州所辖的县级市；河源，位于广东东北部，东江中上游；信宜，位于今广东省西南部，茂名市北部。此四地皆陈如松仕宦之区，陈如松于万历四十三年（1615年）选萧山知县，四十七年（1619年）夏补信宜知县。泰昌元年（1620年）七月调任河源知县，旋升迁太仓州知州。

重刊本序五

[民国]陈敬贤[1]

有明之季，陈白南先生以文章廉节名于世，服官苏浙均有政声，盖名儒而名宦也。其生平，《出处大略》、邑乘及苏浙志书多载之。所著书，岁久芜没，仅存抄本《莲山堂文集》。试取而读之，纯乎古文，盖先民诚悫浑厚之风犹有存者。读其文，可以知其人矣。

近世以来，东西洋格学日兴，出产宏富，萃农工商兵各学问镕铸一炉，驱遣水火，掀掣地天，骎骎乎[2]凌驾震旦而上居。今日即有马、班之文，程、朱之学，仍当与时为变通，徒事文章一道，盖难言之。余惟成材必先学校，方能与五洲各国竞存于生死之交，故此数年中，兢兢焉以整理学务为亟。

戊午夏，参观苏省各校以为改良地步。时家延香君亦同行，以抄本陈白南先生文集属余付之印刷，以广其传。窃思当今学问虽不仅文章一道，然先辈嘉言善行必须表彰之，以为后生小子劝。盖所以助其贤贤之志，非区区焉欲白南先生文集之传世已也。是为序。

民国七年六月，同安私立集美师范学校校主陈敬贤序于沪上

[1] 陈敬贤（1889—1936），厦门集美人，著名华侨领袖陈嘉庚之胞弟。幼年随兄赴新加坡经商，1916 年回乡助兄创办集美学校，沤心沥血，师生尊为“二校主”。1927 年后因积劳成疾，退出校务，息思养病，后逝于杭州。

[2] 骎骎乎，形容跑得快。

重刊本序六

[民国]陈延香[1]

香髫龄读书时，先君子授以《莲山堂集》，示曰："此明白南宗先生遗著也，刊本已无，仅此抄本为硕果之存，当珍藏勿失。"香退而读之，珍若拱璧。旋即从事搜罗，欲得其所谓《语抄》、《学庸解》、《百篇诗》、《老来吟》诸稿，忽忽数年竟不可得。岂文字有灵，其精华之发泄固有限制耶？然物之可贵，讵必在多，茎兰吐蕊，则满室为香，况斯集之文，凡九十余首。后之人苟得而读之，读之而有得于心，则斯道有传人，奚让王、唐、归、胡专美于前也。久欲付诸梨枣，辄因事未果。

去岁携之省会，请同事丘荷公[2]共为订正讹误。荷公读先生序，谓成于崇祯甲申，以为与渊明义熙纪年微意同，断定先生之大节可谓善。读先生之文，能知先生之心者矣。校订甫完，适复辟变起，国事岌岌，与荷公各返乡里。已而南北衅开，时局益形扰攘。余亦无端遭谤，携此书避地香江。因困于资，弗克偿刊布流传之愿，每抚残篇，废然兴叹。

戊午[3]夏，以考察苏省教育至南通图书馆，检阅《太仓州志》、《浙江通志》，于名宦门均载有先生传略。《泉州府志》亦列先生于《循绩传》。是先生之名已早垂不朽，而先生之文，苟令其长此湮没，讵非一大憾事？爰商之宗兄敬贤，请其备资刊刻。敬贤慨然独任，曰："是后人之责也。"遂付商务印书馆印行，俾当世得以知先生之文，藉以知先生之为人，庶几砥砺廉隅，敦崇名节，彼争权夺利辈或将有感于斯文乎！原序云："不磨灭者，文章是也！"则斯集之必传，白南先生固自信之矣。议成，为之欢欣者累日。谨弁数语并录各志先生传略，附诸篇端。

民国七年六月，同邑后学陈延香谨序于春申江上

[1] 陈延香（1887—1960），福建同安人，辛亥革命时期参与领导光复同安。民国元年（1912 年）创办同安阳翟学校，任校长。民国二年（1913 年），被推选为福建省议会议员，民国五年（1916 年）复任至民国十五年（1926 年）。曾任“同安县劝学所”所长，集美学校总务主任兼女子小学校长等。

[2] 丘荷公，即丘复，其号荷生，故称。

[3] 戊午，即民国七年（1918 年）。

著者小传

浙江通志·名宦传

陈如松，同安人。知萧山，以邑水东去不利民财，乃筑坝截其流，别开双河塍，使水折而南注，绕出大通桥又北注，以绕于旧道。凡为桥者三，建塔二。后升知州去。

太仓州志·名宦传

陈如松，字白南，同安人。以乙榜繇[1]萧山知县转知州。举止落托，绝一切尺幅。然负高才，有强力，事无剧易，可五官并给。治大讼，呼两造摇手曰："何苦冤结我为!"若解小讼，辄开两手作势曰："多事!"其逐去，则牒已粉碎。州例官放衙，管库[2]史治具进，如松叱去，深夜不及杯茗。候台司出，或馁[3]，出袖中钱市粝食。即台司至，供帐[4]简脱，诘责亦不动。尝试童子卷一千余，一日夜榜发。有遗斥者求署，如松前问姓名，通诵其疵句，惊相匿。书法名家，人乞书，就判案应。太仓固大州，以游戏治如有余。二年不合权要，拂衣去。

[1] 乙榜，科举制度中取中举人的别称，亦称一榜。繇，古通"由"，从，自。

［2］管库，管理仓库。
［3］馁，饥饿。
［4］供帐，陈设供宴会用的帷帐、用具、饮食等物。

泉州府志·明循绩传

陈如松，字白南，同安人，万历壬子[1]顺天举人。授萧山令，革常例，除罪赎。尝自未至酉，连判三十五事，当堂署案，无称冤者。严盗贼，摘［擿］伏如神。有被杀者无踪，疏邑城隍，犯忽自到招抵。为民兴利而抑富豪，以邑水东去不利民财，乃筑坝截其流，别开双河塍，使水折而南注，绕出大通桥，又北注，以绕于旧道。凡为桥三，建塔二。朱直指称其吏治为浙中第一。

以忤上官，调简补信宜。旋改河源，邑学宫为势官占营私室，如松立毁其室，复之。有泡泉，宦据焉，如松曰："山川之灵，岂供凶人口腹。"投笔，泉水立涸。擢守太仓，无剧易立解。治讼，大者为劝解，小者斥去之。候台司出，馁则携袖中钱市粝食。供帐上官简脱，虽遣责不动。尝试童子卷千余，一日夜发榜。遗者求续，问姓名，诵其疵句，皆走匿。书法名家，人乞书立应。二年拂衣去，潇洒不羁。所著有《莲山堂集》、《语抄》、《学庸解》、《百篇诗》、《老来吟》诸稿。

［1］万历壬子，即明万历四十年（1612年），时陈如松四十九岁。

明太仓知州同安陈公传

丘　复

陈公如松，字白南，福建同安人。少学文，不喜制艺，独嗜古文辞。久困诸生，变产入太学，积十五年，万历壬子举于乡，年四十九矣。释褐补萧山知县，勤于听讼，事至立决，人呼“升米官司”，言不俟隔宿也。萧水东走易涸，久议南徙，不果。公至，改由大通桥绕北行，两月告成。为桥三，用金七百有奇，不动帑项。以事忤巡抚刘某[1]，巡海过萧山，大肆呵斥。公曰：“职有赃罪，斥逐撤任，或羁候听参可也，不则有何不完之事，有何可指之私，而不以礼待乎?”道府皆为公惧，而公不少屈。后刘檄府取罪款，府执不从，既乃具详云：“本官才高冠世，尘视功名，气高而不能柔。练熟世事，而一二文移不无忽略。开河不费公私一文，然道迂亦有不便。”刘大怒曰：“此卓异[2]语也。”卒为所劾。调简[3]信宜，政闲无事，种花听鸟而已。再调繁[4]河源，邑绅李某，官巡抚，父子兄弟占人物产不胜计，据学东南隅为翼室，历官河源者皆慑其势，不敢谁何。道府交荐公将有以裁抑之，巡按出白金千二百两，令先复学。下车二日，毁其室，规复旧制。阅月丁祭[5]，工峻行礼，仅费三百金。所占民业，悉还其主。擢太仓知州，考试生童，科宦某有所请托，公不受。某怒，曰：“吾将令府送之。”府以州不录，竟不送。御史按太仓差横，公笞之，以公有循声，亦不敢加劾。

年六十无子，挂冠归，优游林下[6]二十余年。遇地方利病，知无不言。海寇郑芝龙[7]屡败都督俞咨皋[8]，逼近中左[9]。知县曹履泰[10]延公为文招之，邑赖以安。暇日辄徜徉山水间，以诗文自娱。同县蔡清宪公复一[11]尝以大雅久湮，欲与公力振之，谓公诗文“如倒着接篱穿缥缈之衣，弄玉笛于长林风树下”，风概可知矣。

服官八载，屡以伉直触忌。然历破奇案，民以为神，至呼为“陈半仙”。令萧山日，有劫案经年未获。一日傍晚，遣役三人赴高桥某家门，限某时至，不许先后，遇出者即捕，三人笑而去。高桥距城三十里，至则果获肩挑三人，诘之，则所劫赃物将于是夜运售镇江也。途人被劫，毁其形，侦缉无踪。疏责城隍，将毁其像。夜梦，翼晨获凶一，鞫而服。河源李宦已占学为私室，复斥城沟为池沼，中有泡泉，高二尺许，以小舟用铜盂承之，味甘而洌。公偶经其处，斥曰：“泉乃山川之灵，何乱泡以供凶人口吻［腹］哉？今后不许汝泡。”立止，与他水无异。精诚所感，盖不可以常理论云。

论曰：公所著《莲山堂集》，论文章之妙，在吐其心之所欲言，口与心一。然岂独文哉？公之服官居乡大抵然也。有明自隆万后，吏治窳败极矣。公恤民供职，强项不屈，至屡触当道之忌，挂冠以去。苟脂韦迎合，虽贪污可以自全，国又恶得不亡乎？公自编文集，绝笔甲申，不事异族，与渊明义熙纪年同。予已为之序，爰钩稽公所自述《出处大略》及散见于文集者，而为之传，以见公出处本末，大节凛凛非苟然也。

［1］巡抚刘某，即刘一焜，字元丙，号石闾，江西南昌人，万历二十年（1592年）进士。初授行人，历任吏部郎中、太常寺少卿，加提督四夷馆。四十二年（1614年），擢都察院右佥都御史，巡抚浙江。任浙江巡抚期间，曾构筑龛山海堤，并挖深余杭南湖。有御史沈珣弹劾其赃私，自引告去。后卒，赠工部右侍郎。

［2］卓异，吏部定期考核官吏，政绩突出、才能优异者为“卓异”。

［3］调简，调任政务简易的州县。

［4］调繁，调任政务繁剧的州县。

［5］丁祭，每年阴历二月、八月第一个丁日祭祀孔子，称丁祭。

[6] 林下，指田野，引伸为退隐或退隐之处。

[7] 郑芝龙（1604—1661），字飞皇，原名一官，福建南安石井镇人。明末清初东南沿海最大的海商兼军事集团首领。在台湾设官建置，形成粗具规模的割据政权。明政府无力剿灭，转而招安。崇祯元年（1628年）受抚，官至都督同知。清军入关后降清，后被软禁北京。清廷利用他招降其子郑成功不成，遂被杀。

[8] 俞咨皋，字克迈，福建晋江人，俞大猷之子。明万历三十七年（1609年）中武举，因父功袭卫指挥佥事，治军海坛（今平潭）。后累官至福建总兵。天启四年（1624年）渡海出击荷夷，收复澎湖。天启七年（1627年），主持“以夷制盗”政策，纵恿荷夷攻打郑芝龙，反为郑所败，因此革职、下狱。本拟死罪，后免死，革去世袭军职。

[9] 中左，即中左所城，是明朝卫所制下隶属永宁卫的中左守御千户所（简称中左所）之城池，在福建同安县嘉禾屿上（今厦门岛西南部），亦称中左守御千户所城、厦门城。明洪武二十年（1387年）江夏侯周德兴，为防备倭寇，将永宁卫所辖的左、右、中、前、后千户所里的中、左千户所士兵调驻嘉禾屿，设中左守御千户所，于洪武二十一年（1388年）建置完成。而城池则约为洪武二十七年（1394年）时建成。

[10] 曹履泰（？—1648），字大来，号方城，浙江盐官（今海盐）人。明天启五年（1625年）进士，授同安知县。时郑芝龙聚众出没海岛，履泰严保甲，练乡兵。崇祯元年（1628年），招抚郑芝龙，并用郑芝龙进剿其昔日同党李魁奇、钟斌等。

[11] 蔡清宪公复一，即蔡复一（1577—1625），字敬夫，号元履，明代同安刘浦保蔡厝（今属金门）人。万历二十三年（1595年）进士，授刑部主事。历湖广按察使，陕西、山西布政使等职，束吏怀民，政绩特显。后以都察院右佥都御史总督贵州、云南、湖广三省军务兼贵州巡抚，卒于平越军中，谥清宪。

补录

金门志·人物列传

陈如松，字白南，陈坑[1]人。万历壬子，举顺天试。以生时松树产莲花，因名。初授萧山令，革常例，除罪赎。尝自未至酉，连判三十五事，当堂署案，无称冤者。严盗贼，摘［擿］伏如神。为民兴利，而抑富豪。以邑水东去不利民财，乃筑坝截其流。朱直指称其吏治为浙中第一。

以忤刘中丞，调简补信宜。俗婚嫁倾资，民间至不敢举女。如松谕以好生之德，动以属离之情，作《为溺女文》风晓之。仍编什伍，设籍查稽，以生女来告者，辄锡镪[2]钞，更定资送仪节有差。自是无复弃女者，人方之贾父。旋改河源，邑学宫为势官占营私室，如松立毁其室，复之。有泡泉，宦据焉，如松曰："山川之灵，岂供凶人口腹。"投笔，泉水立涸。擢守太仓，事无剧易立解。治讼，大者为劝解，小者斥去之。尝试童子卷千余，榜发，遗者求续，问姓名，诵其疵句，皆走匿。候台司出，馁则携袖中钱市粝食。供帐上官简脱，虽谴责弗动。

以忤权贵，拂衣归。破屋三间，日坐钓于清泉白石间，若未尝官者。足不入城市。书法名家，人乞书立应。为邑令时，邑有物食禾，布满陌阡。佥诣令告怪，如松按视，心笑为[illegible]。自携归，于厅事教以析解食烹之法。乃争相捕取，岁以有秋。今仓俗遍立生祠，岁诞辰，香花鼓吹迎导。有裔孙，船遭风至，登岸薄观之，曰："是吾祖也。"各罗拜，延至家款接焉。所著有《莲山堂集》、《语抄》、《学庸解》、《百篇诗》、《老来吟》诸稿。

[1] 陈坑，即福建同安翔风里陈坑（今金门县下坑）。

[2] 锡，赏赐；镪，多指银子或银锭。

浯卿陈氏世谱·廉

如松公，万历壬子京闱中式。初令萧山，晚守太仓。宦途八年，洁身善政，岁丰犹俟买粟供口。性不喜逢迎上人，时刘抚台以公不党，发府取罪款。张太尊开单云："一本官自恃清品，不肯下人，少谦让之意；一本官自负才高，练熟世故，于移文不无忽略；一本官设法开河，不费公私一文，但道迂亦有略称不便者；一本官才学冠世，尘视功名，气高而不能柔。"抚台大怒曰："此卓异语也。"浙中当日以为美谈。至十一月入觐，男妇老幼排列香案跪送，士民商旅递送夫价一切不受。

按《大同志》，公字白南，翔风陈坑人，住西浦。登顺天试，初令萧山，革常例，除罪赎。尝下午连审三十五事，当堂署案，无称冤者。严盗贼，摘［擿］伏如有神。有被杀者无踪，疏邑隍，犯忽到招抵。朱直指称其吏治为浙中第一。以忤刘中丞，调简补信宜。旋改河源，邑学宫为势宦占营私室，公立毁其室，复之。有泡泉，宦据焉，公曰："山川之灵，岂供凶人口腹?"投笔立止。擢守太仓，痛惩豪猾。拂衣后，潇洒不羁。著有《莲山集》、《语抄》、《学庸解》、《百篇诗》、《老来吟》诸稿。

浯卿陈氏世谱·卒葬配享

白南公（世聘公[1]长子，西浦派[2]），名如松，一字时长，生于嘉靖甲子年[3]。丁亥[4]科试入泮，年二十四。庚子[5]，三十九岁入太学。万历壬子科，四十九岁，顺天北闱中式。历任萧山、信宜、河源三县事。洁身善政，寻擢太仓知州，进价奉训大夫。自叙《出处大略》[6]及《大同志》[7]最为详悉。卒于丁亥年[8]九月初五日，享寿八十四。嫡妣林氏，石崎人。卒于丁亥年八月初一，诰封恭人，葬在本乡朴行北向。生一子，却早夭，立胞侄崇潜为继。后庶出二子，崇石，庠生，名延嵩；崇鼎。

公与恭人合葬朴行，年久崩坏。雍正七年己酉，七世从孙必齐唱首，邀共事绳聚、绳茂、绳亿、瀍〈一〉、云行、应端、世隆、士德[9]等凡九人，出银二两七钱，五月初五日迁入瓦棺，仍旧合葬原圹。坐巳向亥，兼丙壬。筑灰立石，以垂永久。工人杨在斯董其事，义不受直[10]。

[1] 世聘公，即陈如松之父陈席珍（1534—1593），字世聘，别号逸吾。因子贵，敕赠文林郎、广东惠州府河源县知县。

[2] 西浦派，陈如松高曾祖父陈致雍，于永乐二十年（1422 年）由同安翔风里下坑（今属金门）迁居同安从顺里西浦（今厦门市同安区西柯镇西浦自然村），开基西浦陈氏，故称西浦派。

[3] 嘉靖甲子年，即明嘉靖四十三年（1564 年）。

[4] 丁亥，即明万历十五年（1587 年）。

[5] 庚子，即明万历二十八年（1600 年）。是年陈如松应为三十七岁。此处有误。

[6]《出处大略》，陈如松的生平自述，见本书卷下。

[7]《大同志》，即明成化十四年（1478年）县尹张逊主修、龙溪贡生陈舒总纂的《同安县志》，以县邑原名大同场命名。是志开同安修志之先河，今已佚。该志之《殉难忠臣传》列有陈如松小传。

[8] 丁亥年，此丁亥年为明永历元年（清顺治四年，1647年）。

[9] 绳聚，名生；绳茂，名房；绳亿，名回；瀼一（1676—1749），字司质，又作司执，号乐圃，贡生。以上四人为下坑陈氏十九世孙，西浦派九世孙（以始迁西浦之陈致雍算起）。云行，乳名堪，字士震，邑庠生；应端、应端（1693—1753），字士宽，号拔斋，清乾隆六年（1741年）举人；世隆，乳名才，字士珍，太学生；士德，名骥。以上四人为下坑陈氏二十世孙，西浦派十世孙。

[10] 直，通“值”，代价、钱财，此指工价。

卷　上

陋室记

岁甲寅[1]冬，归自越，欲辟一室以为栖静之所，而贫无可居；将买地而营之，则力益不给。乃于舍下之东偏有二楹焉，旧则牛羊之所阑，而薪刍之所积也。扫除粪秽，以乱纸糊其四壁而新之。一以处吾弟柷，使读书其中；一以自居，而坐卧饮食。及有见访者，皆以是供之。因喟然叹曰："乐哉！是室也，有壁可以悬书画，有几可以供佛灯，有案可以置笔研，有榻可以睡，有磴可以据。虽斗室之内，固已有长物矣。"计吾之处于天地之间，犹吾之处于一室也。使总计天地而中分之，所得有若兹室，不已多乎？吾才能无可及人，惟是取诸天地，不敢贪而廉，则其陋也固宜。白乐天[2]云："吾不逮古人远矣，而富于黔娄[3]，寿于颜渊[4]，饱于伯夷[5]，逸于荣期[6]，健于卫叔宝[7]，幸甚！幸甚！"如此，则虽以予之陋为奢可也。因援笔以当一笑之乐。

[1] 岁甲寅，即万历四十二年（1614 年），时陈如松已五十岁，尚未入仕。

[2] 白乐天，即白居易。

[3] 黔娄，战国时期齐稷下先生，齐国有名的隐士和著名的道家学。隐居于济之南山，励志苦节，安贫乐道。

[4] 颜渊，即颜回，孔子最得意的门生，极富学问，然总是穷困缠身而过早死去。

[5] 伯夷，商末孤竹君之子。周武王灭商，耻食周粟，与其弟饿死于首阳山。

[6] 荣期，即荣启期。《列子·天瑞》记载，孔子游泰山，路遇荣启期，衣不蔽体，然边弹琴边唱歌，怡然自得。

[7] 卫叔宝，即卫玠，中国古代四大美男之一。传说人们争观其姿容，挤成人墙，卫玠因劳累成疾，重病而死。此即成语“看杀卫玠”的典故出处。

瑞兰堂[1]记

吾始祖卜居浦山[2]，不谋产业，独并力为连厦渠屋。东西四隅，祖巽轩公[3]实有其一，在东隅之南，以授吾父与叔，而如松兄弟咸逼居于此。己未岁[4]归自萧山，随其力之所至，为诸弟经营宅舍，各自拆去。虽远愧古人九世同居之谊，亦势不可也。乃以其室为巽轩公祠堂，而扁之曰“瑞兰”。盖实录云：“始公年已望五，未有血嗣。忽一日，屋后古树下有馥香袭人，视之，则丛兰数茎，花叶并茂，在轮屈洼凹间，实自产也。咸以为子姓之征，仁者有后，天告之矣。”遂举吾父与叔，有丈夫孙六人。

昔卓氏以树橘致富，王家以植槐昌后[5]，橘与槐皆可材也。兰则草耳，其离披茸散，无当于用，而一种芬芳之气，至令人取而譬之曰：“与善人居，如入兰室。”故循其族则征兆，臭其芳则征德，而子弟之佳者，复以为芝兰玉树生于庭阶。由此观之，木奴[6]千株，不如艺兰一畹。虽然，幽谷台署，惟人所以置之。吾子孙苟纫佩[7]祖德以无忘《甘棠》[8]之意，庶征兰乎！记而悬之堂左。

[1] 瑞兰堂，同安西浦村陈氏宗祠。万历四十七年（1619 年），陈如松为兄弟析产，以其祖巽轩公之室辟为祠堂，匾之曰“瑞兰”。

[2] 浦山，即同安西浦村（今厦门市同安区西柯镇西浦自然村），西浦村陈氏于明代从金门下坑陈氏分支而来。下坑陈氏十世孙致雍公之次子同猷公，由同安翔风里陈坑徙居西浦乡，开支西浦派，尊致雍公为西浦开基祖。同猷公为陈如松之曾祖父。

[3] 祖巽轩公，当为陈如松之祖父陈宗泽，巽轩为其号。

[4] 己未岁，即万历四十七年（1619 年）。

[5] 王家以植槐昌后，即王祐槐树预言的故事。王祐，字景叔，宋太祖赵匡

胤拜其为监察御史，曾以相位相许，后改派知襄州。王祐赴任前在其宅院内手植槐树，曰：“吾子孙必有为三公者。”后来果不出其所料，其儿子王旦在宋真宗时任宰相，使其预言变成现实。

[6] 木奴，典出《三国志・吴志・孙休传》，以柑橘树拟人，一棵树就像一个可供驱使聚财的奴仆，且不费衣食。后以木奴指柑橘或果实。

[7] 纫佩，对别人的德泽或教益铭感于心。

[8]《甘棠》，《诗经・召南》的一篇，其主旨乃怀念之意。

萧山县[1]改河记

萧水东走易涸，议欲南徙河，自大通桥绕北而行者，五十余年矣，予始至成之。一朝署定，两月事竣。为桥者三，縻金七百有奇，于帑钱无取焉。惠而不费，永为萧人不涸之利，岂其以堪舆氏[2]之言也者。时万历岁丙辰[3]冬，邑令陈如松题。

[1] 萧山县，即今浙江杭州市萧山区，古称余暨、永兴，属绍兴府。陈如松于万历四十三年（1615 年）选萧山知县，莅任后即南徙萧水河道，并于桥边建塔。

[2] 堪舆氏，即风水先生。

[3] 万历岁丙辰，即万历四十四年（1616 年）。

大通桥[1]建塔记

予既南徙河，自大通桥绕北，复即其地塔焉。层以七级，费至千金，亦不用帑钱也。桥水最深，始关主和尚独力成之。兹适当水口，五十年前和尚造桥，三十年后宰官建塔。天时人事，盖若有待，可无记与？

[1] 大通桥，在萧山大通河上，今已不存，塔亦圮，唯今杭州市萧山区新塘街道辖区内尚有大通路及现代的桥梁大通桥。新塘街道半爿街社区亦还有一座文昌桥，系萧山人为纪念知县陈如松修筑河坝使萧山人文兴盛、交通便利而修建的。文昌桥东面的照壁上有块石碑：“文昌桥，又名盛文桥，因该桥附近原有明代修建的盛文阁（已毁）而得名。清道光十七年(1837 年) 岁次丁酉绅士公修，吴金台题桥额‘万缘桥’，旁有对联‘人杰忆陈公筑坝启人文人文乃盛，地灵推萧邑成浦开地利地利聿兴’。”

鸲鹆[1]记

予在萧山，偶一日有鸲鹆飞入公署。无所恐怖，有狎而近人之意，盖民家所尝饲养者也。婢子收而饮食之，翔止无定，不越署中者数月。忽不见，婢子意其饱扬而去也。予笑曰：“无情之物，忘人恩养，径去不辞，自当复尔，不作怪事也。”是夜，鸲鹆见梦于妾李氏，曰：“娘子以我为去耶！婢子春香适然灶，误以饭汤沃我而死矣。现埋我于门外。我今将出世而为男人，特地礼谢耳。”诘旦，妾以责问春香，愕然失其置对。盖此事惟春香知之，他人莫知也。吐实而发之，果然。

夫窗前之鸡，久闻经典而若有悟；西川鹦鹉，能念阿弥陀佛而后化身度世。予在署中，不攒经典，又不念佛，鸲鹆从何声闻而得证入灵性耶？岂予饲以官饩，无横施逆取秽而不廉之物，以饱于鸲鹆之腹。其为陀佛大矣，予尚未敢以此自任，而超度灵性，亦不应有若是之速也。或曰羽族之中，惟鹦鹉、鸲鹆能效人言，余者不能。盖亦人禽而几希者，故多奇化。夫猫儿狗子，具有佛性，冠冕衣裾，仍多禽心。天下之化而靡常也，吾何以诘之哉？

［1］鸲鹆，鸟名，俗称八哥。

埋雀记

幼女探姐，年方四岁。养一鹪雀[1]，驯习近人，笼之不惊，纵之不去，已有年余矣。一日自跳而死，女甚心恻。其母李氏慰之曰："顷者瞽卜[2]言此新宅，当损一幼丁。今此雀无故而毙，其殆代汝死乎？瞽卜氏之言验矣。"

夫以影响祸福之语，自神其事，此巫卜之所以惑世愚人。而附会其影响之事，而且尊而信之曰神，此妇人、女子之常态，而鬼神之所以罔诬于世也。然影响之煽人多矣，宁独托于鬼哉！顾予因代死之说，而有动焉。方今时事孔艰，四顾多忧，藉令有人焉，出力效死，当不爱千金万户之酬以偿其劳，而卒未有效者。夫代死则死矣，效死者未必死也。以未必死之人，而又有售劳之重典悬之于前，忠义之芳声鼓之于后，曾无以应也。不能为效，其能为代乎？纪信[3]厚死而薄收之，报者自薄耳，代者不恨也。夫使其有愤恨郁怼之气，则亦不能为代矣。

因以小木匣为棺，盛此鹪雀，埋于东边之隙地，筑而略封之。其代与否未可知，而赏则从重，不欲为薄而已。奕世而后，倘有传而相语者，曰："此陈氏义雀之坟也，虽存之可也。"

[1] 鹪雀，鸟名，体长约十厘米，背赤褐色，腹灰褐色，尾短。

[2] 瞽卜，卜卦算命的瞎子。

[3] 纪信，刘邦手下的将领。楚王项羽围困刘邦于荥阳城，纪信于岌岌可危之时挺身而出，假扮刘邦出城诈降，让刘邦择机冲出重围，而纪信却被项羽烧死。刘邦得天下后，念其功劳，封纪信为督城隍，在全国建城隍庙供奉。隋唐以后官方屡有封敕和祭祀，宋封"忠佑安汉公"，元封"辅德显忠康济王"，明封"忠烈侯"。

仿元亭记

道人不谐于世，弃官而归，遂退隐西湖之上。夫非杭西湖也，地名正相类耳。其意盖欲为避地之计，然能谐世者即能谐地，何之而不可。道人既于世弗谐矣，何地之能谐，将何之而可？则信乎道人之愚也。道人方告归时，谒辞当道，问曰："君意云何？"答曰："将为晨门、荷蒉[1]之隐。"当道笑曰："若君所言，吾辈皆宜远逝矣。"复答曰："留却孔孟，聊以救世耳。"春秋隐人，沮溺、楚狂[2]，皆不知味，惟晨门、荷蒉堪为老夫子知己。所云知其不可而为，正与有心击磬之叹，相为咨嗟怜悯，大类于杞忧秦哭[3]，皆热肠之人，而非有右讥弹也。且自度其才之不逮，又度其硁硁[4]之性不能谐世，故奉身隐退，而以救世事业让老夫子，此正天下之贤知者耳。"鄙哉！硁硁"，乃荷蒉自描其本色，顾以"深厉、浅揭"自量，岂讥吾夫子哉？故夫子闻而赞之曰："果哉！非鄙哉也。"复言其末所复之，难以措心，则夫子亦自叹其苦矣。学者一概耳视，遂使千古知心之侣，反相剌谬。此道人所以愿为晨门、荷蒉，而不为沮溺也。

道人归一年，始犹半与人事周旋，今则尽弃去之。复于西湖之旁，构一小亭，坐卧其中。以其四面皆水耳，因忆元次山退谷之铭[5]曰："干进之客，不能游之。"杯湖之铭[6]曰："为人厌者，勿泛杯湖。"遂以"仿元"名亭。然道人方取厌于世，而必欲不为人厌者，方与游泛。则未审世之所厌者何事，为世所不厌者何事，为世所厌者何人，为世所不厌者何人，厌与不厌，道人不能自辨也。复还而笑，遂书之。

［1］晨门，典出《论语·宪问》："子路宿于石门。晨门曰：'奚自？'子路曰：'自孔氏。'"邢昺疏："晨门，掌晨昏开闭门者，谓阍人也。"荷蒉，典出《论语·宪问》："子击磬于卫，有荷蒉而过孔氏之门者，曰：'有心哉，击磬乎！'既而曰：'鄙哉，硁硁乎！莫己知也，斯己而已矣。深则厉，浅则揭。'"朱熹集注："此荷蒉者亦隐士也。"后用为隐士之典。

［2］沮溺，两隐士的合称。沮，即长沮，春秋时楚国的隐士。溺，即桀溺，春秋时期的隐者。楚狂，楚人，姓陆名通，字接舆。昭王时，政令无常，乃披发佯狂不仕，时人谓之楚狂。后用为狂士的通称。

［3］杞忧，即杞人忧天之典故；秦哭，即哭秦庭之典故。典出《春秋左传正义》卷五十四《定公·传四年》。申包胥为救楚乞师于秦，秦王不许，申立依于庭墙而哭七日，日夜不绝声，勺饮不入，秦为所感，遂出兵救楚。

［4］硁硁，耿直的样子。

［5］元次山，即元结（719—772），字次山，号漫叟、聱叟，原籍河南，后迁鲁山（今河南鲁山县）。唐天宝十二年（753年）进士。安禄山反，曾率族人避难湖北猗玗洞。后又隐居于退谷，晚年复出，任道州刺史，调容州，加封容州都督充本管经略守捉使，颇有政绩。退谷之铭，元结曾与孟士源同隐于今湖北武昌西樊山与郎亭山之间，名之曰"退谷"。元结为作《退谷铭》。

［6］杯湖之铭，即元结所作的《杯湖铭并序》。杯湖，在退谷之中，在西山西坡脚下，因其在杯樽石下，乃得名杯湖。

过仲家浅[1]记

行经北地，序属素秋，而风物凄紧，飒然肃气，若迎舟而来。因泊于仲家浅，舟人指曰："先贤仲氏故里也。"徘徊之际，感敬并生。想其山川烟树，而岩岩耿耿之象，如或存者。吾辈诵法圣门，多以杏坛之师弟，当虞廷[2]之主臣；以其讲论乐志，当赓喜唱和之盛。然都俞吁咈[3]，君臣之间，不嫌其有所距违也。而孔门诸弟子，悉心于其师说者，若雪之承汤、沙之受水，有顺唯而无违拂。凡其师之一言一行，尊若神明，概不敢置喙[4]，独仲由氏露出一种刚直之气，如弗扰、佛肸[5]之事，谊形于色，侃侃然争之。而夫子顾若有所不满者，何也？天下之事，和如羹焉，同如水火焉。凡为人臣而敢于诤其君者，必忠臣也；凡为人子而敢于弼[6]其父者，必孝子也；凡为人友而敢于匡其友者，必良友也。则凡为人弟而敢于违其师者，必高弟也。皆可不问而知其品之正也，而世且目之以浮躁。遂援吾夫子行行之说，谓升堂也，犹未入于室。夫堂，岂易升乎哉？夫子之墙数仞，入其门者盖亦寡矣。观于一堂契合，至浮海亦乐乎相从，而仲氏子足千古矣！明日舟行，犹回头想象而不能去。

[1] 仲家浅，仲夫子子路故居，今济宁市微山县鲁桥镇仲浅村。仲夫子，即仲由（前542—前480），字子路，鲁国人。以政事见称，为人伉直，好勇力，跟随孔子周游列国，为"孔门十哲"之一。

[2] 虞廷，指虞舜的朝廷。相传虞舜为古代的圣明之主，故亦以"虞廷"为"圣朝"的代称。

[3] 都俞吁咈，皆为古汉语叹词。吁，不同意；咈，反对；都，赞美；俞，同意。本以表示尧、舜、禹等讨论政事时发言的语气，后用以赞美君臣

论政问答，融洽雍睦。典出《书·尧典》。

［4］置喙，指插嘴，参与议论。

［5］弗扰，即公山不狃，不狃亦作弗扰，字子泄，春秋时期鲁国人。是鲁国当政者季桓子的家臣，费邑宰。参与阳虎之叛乱，事败，仍盘踞费邑，派人请孔子前往辅助。孔子打算前往，却遭子路反对。事见《论语·阳货》。佛肸，晋国执政国卿赵简子的家臣，任中牟邑宰。佛肸反叛赵简子，派人召请孔子共谋大事。孔子动心，打算前往，仍遭子路反对。事见《史记·孔子世家》。

［6］弼，本意是矫正弓弩的工具，引申为纠正。

塔记一

累石为塔，平地突起峰尖。人驱石乎？石驱人乎？塔不知起于何时？然佛家称浮屠宝塔，故凡塔多在寺观之处。塔依佛乎？佛依塔乎？郡城开元寺[1]，双塔高耸，盖巍然奇伟，当为天下第一。使其置之于华山落雁峰[2]顶上，如李谪仙所云，呼吸之气，上通帝座者，更与帝座联接矣。第始事之初，是何主者有此胆力、有此规模，不震不沮，垂于成功。则知天下无不可蹑之高，世局无不可建之事，正须问精神何如耳？愚公移谷，精卫填河，语似荒唐，亦足以鼓勇锐之气，而为任事者立一赤帜也。

塔成之后，光华闪晔，有八殊胜、六吉祥之瑞。盖事奇则神自附，体峻则气多异耳！然京师昭庆寺[3]有木塔，高可四五丈许，而全身倒影，入于佛堂仅一尺许，抑何奇也！广东南雄府延庆寺[4]有小木塔，能逆日倒影，每人家有吉事，则影入其室。两塔皆寻常体势，无丰伟峻耸之观，而现灵著奇若此，则知光不在大，灵不在高。故以七尺之躯，而振衣千仞之冈，以搦管挥翰而称之，曰："吐光万丈，岂关体质哉？"

予欲集天下之塔为塔谱，而见闻未周，恐多遗漏，而此数者，乃其所目击者也。因为之记。

[1] 郡城开元寺，即泉州开元寺，在福建泉州市鲤城区西街，始创于唐初垂拱二年（686年）。初名莲花道场，开元二十六年（738年）更名开元寺，为福建省内规模最大的佛教寺院。该寺东西两侧各有一塔，与大雄宝殿成"品"字形布局。东为"镇国塔"，始建于唐咸通六年（865年）；西为"仁寿塔"，始建于五代梁贞明二年（916年）。两塔均为仿木构八角五层楼阁式石塔，规模几乎完全相同。

［2］华山落雁峰，华山南峰三峰居中的一峰，峰顶最高处就是华山极顶。

［3］京师昭庆寺，未详。北京的八大寺庙，无名昭庆寺者。唐太宗李世民修建四大昭庆寺，分别在安徽六安、河南洛阳、浙江杭州和山东龙口，亦无京师昭庆寺。

［4］南雄府延庆寺，或称延祥寺，已毁。《夷坚续志》云："南雄延庆寺有三塔影，不以阴晴见，一倒影，二悬影，向上。如见人家厅堂上，主科名；见房厕，则凶。"当指文中之"有小木塔，能逆日倒影"。今南雄市区中心尚有座三影塔，原名延祥寺塔，为楼阁式砖塔结构，然不复见古传说中的三影奇观。

塔记二

甬东有阿育王宝塔[1]，中藏舍利，时常放光。然多变幻，隐现靡定，或黄或白，又如明珠一颗，见者皆以为神。予为之解曰："舍利本自无二，特人所见不同，各自殊观耳。"江淮河汉，荡漾殊派，而水则无二；日月星辰，悬象异度，而光则无二。故变幻者有不变者也，不一者有至一者也。儒者见之为之儒，墨者见之为之墨，释者见之为之释，道者见之为之道，合之则是不离心性[2]，故曰不二之门[3]。

[1] 甬东，即今浙江舟山市，春秋时称"甬东"，属越国。阿育王宝塔，舟山定海岱山有佛寺泗洲堂，内有两尊铜铸宝塔，世传阿育王所铸，吴越国国王钱俶送来，实为钱俶所铸。钱俶（929—988），五代十国时期吴越最后一任国王。一生信佛，建佛寺，铸佛塔，刻印佛经无数。

[2] 心性，中国古典哲学范畴，指"心"和"性"，各家解说不一。禅宗认为心即是性，倡明心见性，顿悟成佛。宋儒以为"性"即天理，心者，人之神明，故"心"、"性"有别。

[3] 不二之门，原指得道的唯一门径，后以比喻独一无二的方法或门径。

记　事

语有今昔共传，若依成理，而反开后人以借口之端者矣。《语》曰："君子居是邦，不非其大夫。"[1]使无可非而非之，是过毁也；使有可非而不非之，是曲隐也。大夫之莅吾土者，方望其煦育覆露[2]，为群生倚命。倘行事未妥，利病关切，而自同寒蝉，不启一齿，岂以善相成之谊，亦非爱吾桑梓之情矣。大夫即尊贵，岂其能逾于君父乎？父母有过，子得诤之，乃几谏[3]，非不谏也。至尊之前，面折抗抵，且比之幽桀，而独讳于大夫者，何也？非惟讳之，又加谀焉。居是邦者，以居间为生涯，以关说[4]为奇货，承颜怡色，极口称颂，冀得欣心以遂吾之私。泾渭虽明，情有所牵也，而此语翻成口实矣。

又有一语："善事上官，无失名誉。"[5]而下吏遂不敢有所争执拒违。惟是监司之言唯诺听承，恐其忤旨而失誉耳！则又胡不以至尊之分而揆之，以中书而焚诏者何人？以舍人而批敕[6]尾、不奉行者何人？素无鲠直之骨，又靡卓异之行，安身取誉，不得不然耳。而监司又非也，拂己者未必愚，顺己者未必贤，世风靡靡，惟是上下雷同而已。

甚矣！二语启人以借口之端也。

[1]"《语》曰……"句，出自《论语集注·述而》。

[2]煦育，抚育、养育；覆露，荫庇、养育。

[3]几谏，意思是对长辈委婉而和气的劝告。

[4]关说，指代人陈说，从中给人说好话。

[5]敕，即帝王的诏书、命令。

[6]句出《后汉书·循吏列传》。

游东庄记

韬伯有山庄在西北郭外，评者咸以为吾邑第一胜景。其溪山环列，若造化削成，又若人力位置，具在何清卿记中。甲寅岁[1]，予望其处，欲游而不果。及南调归，欲往焉，亦未能也。今秋同谢汝献、林清夫始得约日以偿旧想。心目双快，而溪光山色若笑迎而不予拒，乃知山水之胜，得者不数，游者亦不偶耳。蔡敬夫常为予言，安得此山以为隐处，予甚嗤之。范文正公不构园池，曰："吾洛中多胜境，即是吾园。"今韬伯不以此为私，而必慕之以为己有，则亦惑之甚矣。然看竹不问主人，殊杀风景。故虽有名园，必藉地主，而韬伯慷慨大略不作俗观，人地两称，尤为难耳。予虽恋鸡肋，即赋初服[2]，但恐予之入山，又逢韬伯出山。盖韬伯方进显于时。幸留语阍人[3]曰："吾出仕后，有萧萧散散叩门而来者，若称白南居士，不可闭门。"

[1] 甲寅岁，即万历四十二年（1614 年）。是年陈如松自越归家。

[2] 初服，未入仕时的服装。

[3] 阍人，守门人的通称。

《东方集》后叙

予夙慕东方曼倩[1]之为人。盖其灵妙虚旷，变化莫测，有史鱼[2]之直，而不以直显；有东里侨[3]之博，而不以博显；有屈原、贾谊之词，而不以词显；有贲、忌[4]之勇，而不以勇显；有淳于、张、范[5]之辨，而不以辨显。是何人者耶？窃自号曰“东方氏”，以默示爱慕之意。读本传及夏侯氏赞[6]，知为平原厌次人，而于地未尝辨也。

甲辰[7]冬，与陵县康霖麓[8]有千里之约。造庐相访，则楼之东有先生祠墓在焉，乃知陵于古为平原[9]，而康君所居之神头镇，即古厌次也。以所刻先生传集[10]示予，嗟哉！事固有旷世感心者，予不知其何故？自汉至今二千余年，其人不可胜数，而独雅慕东方氏。自平原至闽七千余里，非往来观光、舟车所必经之地，而独得拜瞻庙宇，以想象其遗迹，向慕于十余年之前，而拜晤于十余年之后，岂虚也哉？东方有灵，必龥然曰：“温陵陈生，固曼倩知己也！”易名慕蔺之诮，予不任受。

[1] 东方曼倩，即东方朔（前154—前93），本姓张，字曼倩，平原郡厌次县（今山东德州市陵城区）人。西汉时期著名的文学家。一生著述甚丰，明人康丕扬编成《东方先生文集》。

[2] 史鱼，名佗，字子鱼，也称史鳅，春秋时卫国大夫。敢于直言相谏，死后还以自己尸体劝谏君王。

[3] 东里侨，即子产（？—前522），姬姓，公孙氏，名侨，字子产，又被称为公孙侨、郑侨等。东里为其所居地，故又称为东里子产、东里侨。春秋时期郑国大夫，著名的政治家、思想家。

[4] 贲，即孟贲，战国时卫国人，秦国的著名武士，水行不避蛟龙，陆行不

避虎犀。忌，即庆忌，春秋时吴国人，吴王僚的儿子。自幼习武，力量过人，勇猛无畏，号称吴国第一勇士。

[5] 淳于，即淳于髡（约前386—前310），黄县（今山东省龙口市）人，战国时期齐国的政治家和思想家。齐威王拜其为政卿大夫。以博学多才、善于辩论著称。张范，当指战国时期的谋略家张仪与范雎。张仪（？—前309），魏国安邑（今山西万荣）人。战国时期著名的纵横家、外交家和谋略家。首创连横的外交策略，游说入秦，秦惠王封为相。范雎（？—前255），字叔，魏国人，战国时期著名政治家、谋略家，秦昭王拜为相，提出了远交近攻的策略，瓦解六国之合纵。

[6] 夏侯氏赞，指夏侯湛所撰的《东方朔画赞》，载《文选》卷四十七。夏侯湛（约243—291），字孝若，沛国谯县（今安徽亳州）人，西晋文学家。晋武帝泰始年间，举贤良，对策中第。后为中书侍郎、南阳相。

[7] 甲辰，即万历三十二年（1604年）。

[8] 陵县，今山东省德州市陵城区，古为厌次县。康霖麓，陵县神头镇康氏族人，或即康丕扬。康丕扬（1552—1632），字士遇，号骧汉，山东陵县神头镇人。明万历二十年（1592年）进士，官至辽阳巡按兼学政。选东方朔真品精华，编成《东方先生文集》并作序。

[9] 平原，即西汉时期的平原郡，其时的厌次县属平原郡。

[10] 先生传集，当指康丕扬刊刻的《东方先生文集》。该书集东方朔行事与作品于一体，非纯粹作品集，故称“传集”。

李真伯《小题漫言》叙

予与真伯最友善，同侪莫不闻知，殊相乐也，时亦相怜。间或论天下某事、某人，真伯数露其旨，予赞曰：“俞哉！即有弹射。”[1]真伯辄拊掌曰：“噫！允哉。”去冬，共拥衾卧雪夜中。真伯一帖席，则偃蹇鼾睡达旦。予以足促之曰：“吁！李生无事蝴蝶间[2]也。”真伯曰：“世人皆寐，吾焉得不寐。”顷见杜子美于胥国[3]。自诵其所谓诗，曰：“文章千古事，得失寸心知。”复寄声于东方氏。东方者，予别号也。盖予挟室入都门，金尽裘敝矣。真伯以歌诗与予相倡和，意气黯淡，想子美见之，当为一黯然耳。真伯侨居保安寺[4]，予作《四问》、《四解》以贻之，真伯微哂。其寺则许玄度之所寓也，清风朗月，动想者久之。

因相与论文，伯之言曰：“自古作者非一，独庄生、太史公及眉山大苏氏[5]，体物之妙，能了然胸中，而使心与口一。口与手一，无怏然不相肖之憾，则惟满志者也。”其持论如此。复出其所为小题文，命予序之。大率与论文之旨不甚相远，所为心、口、手能自了然者也，无不相肖之憾者也。予读之，不能自禁。昔前生读《乐毅传》[6]，不觉流涕。豪杰之士，精诚之所向慕，意气之所感濯，岂以语言顾问哉！

真伯在长安，冠盖属目，交游者众，而独问序于落莫无聊之穷夫，世视真伯何如人也！

[1] 弹射，犹指摘，本处当指评议。

[2] 蝴蝶间，以“庄生梦蝶”之典指代睡梦中。

[3] 杜子美，即杜甫，字子美。胥国，当指华胥国，传说中虚拟的理想国度，

此处指代梦境。

[4] 保安寺，原址在北京西城区保安寺街，为汉传佛教寺院，明朝正统年间敕建。民国时期烧毁。

[5] 庄生，即庄周，东周战国中期著名的思想家、哲学家，又是著名的文学家。太史公，即司马迁；眉山大苏氏，即苏轼。

[6]《乐毅传》，即《乐毅列传》，西汉史学家司马迁所作的乐毅传记，收录于《史记》中。乐毅，字永霸，中山灵寿（今河北灵寿县）人。战国后期杰出的军事家，拜燕上将军，受封昌国君，辅佐燕昭王振兴燕国。

涌源先生集叙

向予在信阳，而东莞陈生万里来占籍就试。予拔置高等，意其学之必有渊源也。及徙河源，陈生复来谒予，持其大父涌源先生集稿，欲予一言。读之，气清而神适，又似有道者。其言泽如也，于诗尤多。而卒厄于遇，则诗之能穷人果矣。

夫诗果能穷人，则诗已先穷。人果以诗穷，则人亦能穷诗，是皆不必然之论耳。凡人有抑郁无聊之怀，上不获叩之青天，下不获告语妻子朋友，独处一室，无所奈何，而尽泄之于吟咏寄慨之间，则是诗且能发人之穷。而当其笔转意到，借境写情，心之与口，口之与手，两相吹动，无沾滞不贯之态，取而自视，朗诵数通，不觉喷饭满案，此亦天下之至适也。遇不遇，可无论也。

诗之穷者，首称孟襄阳[1]矣。然使当今之世，有一人焉，能令天子知名，望见颜色，而得自诵诗人主之前，虽遭摈弃，死亦何恨。由此观之，襄阳未为不遇也。故予叙先生之集，而特以诗之遇不遇者为先生解嘲。昔唐山人将死，尽以诗草包而浮之于江，精灵不陨，有识而传之者。而况陈生能读祖父之书，发其石室之秘墨而欲梓之，以著闻于世者乎。

[1] 孟襄阳，即孟浩然，襄州襄阳（今湖北襄阳）人，世称“孟襄阳”。

信宜[1]即事叙一

吴兴山水绝佳，记载所谓群山竞秀、万壑争流者也。然越水殊胜于闽，而山或未能及。试取四明[2]、由拳[3]诸峰，置之闽中，好事者未必过而问焉。天下之名溢其实、誉逾于情者多矣。盖亦东晋一时风雅相与选胜标游，遂得此声于岩谷间耳。闽粤山水，大率不甚相远，观者徒作寻常平等之见，声价顿减。则又以吴兴山少，闽粤山多，少者以特取胜，而多者以繁掩奇故也。

信宜于粤，又仅一撮，山水亦颇环胜。予未至时，读邑乘，称南门外出数武，有石峰兀起，珑玲空洞，可列席而坐。四面绕以漩流，号曰“小瀛洲”。程太史[4]谪居之日，常往来吟咏于此中。窃习习然心向之，如已至，而匡坐共处也。至之二日，阅城观雉，眺望间，问所谓瀛洲，则已付之洪流，山与石俱为乌有矣。造物妒人有此奇观，不复护惜何也？因念曩昔在吴兴[5]时，职事填委[6]，了无暇日，若兰亭、禹穴[7]，越层之胜，曾不及游，则有其地而无其时。今在信宜，地僻事简，闭阁静坐，得以藉一日之间，而胜境已墟，则有其时而无其地。

平生颠顿，愿与遇违，世人所谓快心乐意之事，自揣分宜不敢妄想，而一山一水，恒以供愚夫妇之所玩取，非有拒绝禁谢，而犹廉于享受若此，则信乎赋分之薄也。然昔右军欲为岷岭之游[8]，积之数年，竟不得尝；韩昌黎想慕滕王阁[9]，恨其无因而至焉。则知山水之约，自有夙缘，而胜事之乐，未易数得，即昔贤犹难之，况于予乎？复为一洒然也。

[1] 信宜，位于今广东省西南部，茂名市北部。古属梁德县、怀德县，唐武

德四年（621 年），析怀德县置南扶州，及信义等五县。宋太平兴国元年（976 年），信义县改信宜县。

[2] 四明，浙江旧宁波府的别称，以境内有四明山得名。此处或指四明山，位于今宁波市西南，余姚市与嵊州市交界处，自天台山发脉，绵亘于奉化，凡二百八十二峰。相传群峰之中，上有方石，四面如窗，中通日月星辰之光，故称。

[3] 由拳，原作“拳由”误。由拳，古县名，三国吴赤乌五年（242 年）改名为嘉兴县。此处或指由拳山，位于今杭州余杭区中泰铜岭。三国吴大帝时，郭暨猷自由拳县来隐于此，因以为名。

[4] 程太史，即程文德（1497—1559），字舜敷，号松溪，浙江永康人。师事王守仁，得“良知良能”学说要旨。明嘉靖八年（1529 年）榜眼及第，授翰林编修。嘉靖十三年（1534 年）以言事谪信宜典史。后官至南京工部右侍郎。

[5] 吴兴，此吴兴当指绍兴。绍兴古为吴越之地，陈如松莅职信宜之前任萧山知县，其时萧山县隶属于绍兴府。

[6] 填委，纷集、堆积。

[7] 兰亭、禹穴，皆浙江绍兴的名胜古迹。兰亭，是东晋著名书法家，会稽内史王羲之的园林住所，位于绍兴西南兰亭镇的兰渚山下；禹穴，相传为夏禹的葬地，在绍兴之会稽山。

[8] 右军，即王羲之。王羲之曾任会稽内史，领右将军，故称。欲为岷岭之游，王羲之对岷岭十分向往，在其《蜀都帖》曾称：“要欲及卿在彼，登汶（岷）领（岭）、峨眉而旋，实不朽之盛事。但言此，心以驰于彼矣。”

[9] 韩昌黎，即韩愈（768—824），字退之，河南河阳（今河南省孟州市）人，自称“郡望昌黎”，世称“韩昌黎”。想慕滕王阁，韩愈久慕滕王阁之名，然愿望一直没有实现。在其《新修滕王阁记》中感叹道：“欲往一观而读之，以忘吾忧。系官于朝，愿莫之遂。”

信宜即事敘二

子瞻[1]谪居南海，居无舍，食无肉，出无舆，有瘴疠牢骚之忧。予自萧徙居信阳，地僻多山，荒城如村，欲市笔札、巾帽之物，亦不可得。辰[2]出放衙，连日无人，与谪居无异。然子瞻自盖草堂，有茂林环池之胜。职事不关，昼卧晏起，常往来山水之间。幼子过读书，每落笔，辄为欣笑终日。古人所谓无官身轻，有子事足。此二语者，已兼而有之，其乐何如，而咄咄子瞻犹复作穷愁语耶？

信宜虽简，犹碌碌令宰也。一行作吏，便非闲身，亦兢兢不任是惧，与儋耳[3]草庵中东坡居士，孰劳孰逸？而年逾五十，未有豚息[4]，身既不轻，事亦未足。则子瞻之所两得者，予皆两失之，政可愁人耳。

然赋性善忘，不复错意，因诵子瞻在南海时《与程秘校书》[5]，曰："局守海徼，淹屈美才。然仕无高下，但能随事及物，中无所愧，即为达也。"以此自佩，即以此自适而已。

［1］子瞻，即苏轼，字子瞻。

［2］辰，通"晨"。

［3］儋耳，即海南儋州，汉置儋耳郡，旧治所在今海南省儋州市西北。北宋绍圣四年（1097 年），年已六十二岁的苏轼被贬至此徼边荒凉之地。

［4］豚，小猪，借指小儿，古人谦称自己的儿子为豚儿。未有豚息，即膝下无子之意。

［5］《与程秘校书》，即《与程得圣秘校书》，见苏轼《东坡全集》卷八十。

别　叙

谢汝献同予来信宜，强之而后行也。两阅月，即欲辞去，岂其见所见而然耶！抑往来乘兴，达人豪趣，多作如此举止耶！汝献贫甚，东归，辎重悉可举以赠之。顾予薄宦，仅守鸡肋，又安所得辎重乎？曩汝献谒予于萧山，力能为供买山之具，而意殊迟之，欲有待也。向有其力而迟其意，今有其意而乏其力，则复自笑，咄咄陈生，善为解脱之词。然汝献在信宜斋中，幸而无事，得以闲日偿其所为回燕诗债。若云“为君新数重兴日，羯末封胡[1]只在今”，此其赠汝献不薄矣。

[1] 羯末封胡，即封胡羯末，为晋代谢安家族四才子的小名，封指谢韶（344—379），谢安弟谢万之子，官至车骑司马；胡指谢朗（323—361），谢安兄谢据之子，官至东阳太守；羯指谢玄（343—388），谢安兄谢奕之子，官至左将军、会稽内史；末指谢琰（352—400），谢安之子，官至会稽内史。四人互为堂兄弟，均有文韬武略之才。后用以称美兄弟子侄之辞。

蔡裒卿诗序[1]

蔡清宪敬夫[2]常与予言《大雅之什》，吾邑久湮，欲与予力振而任之。则谢不敏，谓此道未易承当。然时有唱和，亦互相弹射[3]。敬夫之评予，曰："子诗文，如倒着接篱穿缥缈之衣，弄玉笛于长林风树之下，萧萧然令人欲飞。"而如松之评敬夫，亦曰："兄诗文如入武库，森列剑戟，无所不有。又如纵观宗庙，陈彝器，考钟鼓，淋漓富美。"两人脉络不同如此。盖巨公贵人与寒酸小吏各肖其本色，亦各自得也。汉人有言："欲使汝如我所为，不能；使我而学汝，败矣。"

敬夫又为言："近日，蔡裒卿亹亹[4]向来迫人，绝好诗喉。"夫诗喉，亦未易当也。诗本吟咏之具，取其可咏可歌而止，即王、储、白之诗，皆通脉于陶，亦只是好个诗喉耳。予零落在外，未及尽观裒卿所为诗。乃今得之，其脉络幸得相类，而浑远宏丽，过予远甚，则予当拜下风也。予尝著论谓评诗者，分别唐之初、盛、晚，已多公案。总之，各言其中之所欲言，而不诡声律，则亦已矣，奚必画为定品，且以储、孟[5]之幽致，而尚来清浅之疑，且虑其为寒窘者藏拙之路，则品亦安可定哉？文字愈平淡，则愈奇特，此最名言。而右军临池之久，亦由淡入奇，此其所自名者。

今裒卿持此胜场，而近作尤工。惜敬夫不及见之，亦当拜下风，何况于予。必首肯不佞之言曰："将无同，而且辗然于《大雅》之有人也。"

[1] 蔡裒卿，即蔡谦光，字裒卿，明代同安县平林（今属金门县）人，蔡献臣之长子，邑诸生，以荫入监。著有《干云斋诗初集》，此篇或即为

该序。

[2] 蔡清宪敬夫，即蔡复一，字敬夫，谥清宪。里居、阅历见“著者小传”之《明太仓知州同安陈公传》注。

[3] 弹射，犹指摘，本处当指评议。

[4] 亹亹，勤勉不倦貌。

[5] 储，当指储光羲（约706—763），润州延陵人。唐代田园山水诗派代表诗人之一。开元十四年（726年）进士，授冯翊县尉，转汜水、安宣、下邽等地县尉。因仕途失意，遂隐居终南山。后复出任太祝，世称“储太祝”，官至监察御史。孟，当指孟浩然，也是唐代著名的田园诗人。

题《卢怒生制义》小引

予以笑道人自命，而卢君以怒生为号。笑非怒也，使无可怒者，必无以成予之笑；怒非笑也，使无可笑者，必无以成君之怒。予与君未尝相识，而见之于制义，则微微而笑。读之不忍释手，复喷饭大笑。又狂呼而怒曰："是何英雄，辄敢夺天地之巧，尽驱吾海之惊涛怒气入于指下。"及陡然相见，则又笑者不笑，怒者不怒，又若笑与怒之并窍并时而发，各莫逆而殊自得也。虽然，笑与怒总皆戏也，君已知之矣，故自题其编曰"游戏"。

昔之为文者，首祖庄生，次则司马子长[1]，最后则东坡耳。今读其文，皆一种嘻笑怒骂、诽谐戏嘲之语，而卒归之于正。士人胸中无一种灵异之气，若笑若怒，若狂若僻，超出情识态味之外，下笔总是俗缘，即穷工极巧，未许为作者之正嫡也，君又知之矣。

皇甫士安赞述《三都》[2]，于是后先作赋者，莫不敛衽[3]焉。予无以重怒生，怒生亦无所事于予之赞述。指日大行于世，天下无不知有怒生者，则予又以怒生重也。正当尔时，作一场大笑。

[1] 庄生，即庄周；司马子长，即司马迁，字子长。

[2] 皇甫士安，即皇甫谧（215—282），字士安，自号玄晏先生，安定朝那（甘肃平凉）人。著名的医学家，又是文学家。他所作的《三都赋序》，是一篇论述赋体文学发展史的评论性文章，是中国文学批评史上的经典之作。《三都赋》，是晋朝时期左思的作品。分别是《吴都赋》、《魏都赋》、《蜀都赋》。历时十年所作，一时被传为经典。这些赋实际上不只是写三个都城，而是写魏、蜀、吴三个国家的概况。

[3] 敛衽，指整理衣襟，表示恭敬。

陀上人[1]诗序

予家居近山而无山僻，然所买山有石室，与端平岩[2]绵亘，心殊乐之。颇有禅资，而无僧僻，然见端平岩之僧学陀，殊心异之。自作诗亦不恶，而无诗僻，然见学陀之诗，殊心许之。予皆不能知也，喜其清婉韵致而已。诗僧固已不俗，而不俗于诗，尤可喜也。有品目之者，或以淡为嫌。嗟乎！愈淡愈奇，岂易言哉！作人不清致，便为俗士；作文不清致，便为俗笔。堆金无益于嗜好，堆字何当于远韵。二道相类，俱入恶趣，况在缁禅之门者乎？淡致正是本色相宜，而要之真诀，亦不过是也。

唐刘轲[3]以缁流成进士，而佛印师[4]以进士弃入缁流，然皆能诗。今学陀因诗为僧，因僧为诗，第未知其作何结果耳？钟山寺僧能诗，圣祖见而悦之，令其蓄发，名曰吴印[5]，遂为御史。

方今用人不拘品格，有才者皆得自见学陀者，岂有意乎？不妨以诗见长。若欲升天成佛，则有维摩[6]之寂，然无语是真入不二法门也。

[1] 陀上人，端平岩的僧人学陀。

[2] 端平岩，即慈云岩，在今厦门同安区新民镇禾山村西之禾山（又名豪山）上，宋端平年间（1234—1236 年）建有石岩，故称。

[3] 刘轲（772—?），字希仁，广东曲江人。唐元和中，在韶州月华寺出家为僧。后有志科举，元和十三年（818 年）登进士第，历官史馆修撰、侍御史。

[4] 佛印师（1032—1098），法号了元，字觉老。俗姓林，饶州（江西）浮梁人。宋代云门宗僧。自幼学《论语》等典籍，一度为地方官吏，二十八岁时出家，住江西九江承天寺。后历住淮山斗方，庐山开先、归宗，江

苏丹阳金山、焦山，江西大仰山等刹。与苏东坡相交颇深。

[5] 吴印，明代南京钟山灵谷寺僧人，朱元璋以其有才智，令蓄发还俗入仕，且拔擢为山东承宣布政使。

[6] 维摩，维摩诘的省称，意译为净名、无垢尘，意思是以洁净、没有染污而著称的人。维摩诘，早期佛教著名居士，出身富商，虽处居家，常修梵行。往来于各阶层，随缘度众，阐说解脱法门，强调“烦恼即菩提，不离生死，不证涅槃”的不二法门，提供修行人治病的妙药良方。

《孝友则》序

凡称人之贤，必及其孝弟慈友，与其家法内则之美。此如家常之饮食，日用之步趋，所安以为固然。又如妇人之不淫，作吏之洁己，皆其所引分以为必然者，何足侈艳？然孔门论士，称孝称弟，又曰不间父母昆弟之言，则称之不可以已也。夫所谓称之者，将以风之也。而风之者，穷则称之者，诎矣。

然而必不可已也。幼儿万方四五岁时，为之称说《二十四孝》，则点头应声曰："儿当为二十五孝矣。"童子何知，而欣动若是，恐少时了了，长大未必复尔也。三家村中，田夫野女观戏场所听唱"卧冰""汲水"[1]，及"争死""寻母"[2]曲本，则赞慨而继之以涕泪，夫非可观而兴者与。至于峨冠垂绅[3]、俨然而拥钟鼎者，其初亦习闻父兄之所称引[4]，而读孝弟之书者也。然而少长异矣，贵贱又异矣。子入仕籍，登贵显，而其父兄见之，屏气和言，以柔色相下。而为子弟者亦觉其尊贵，崖岸[5]上于眉睫，似有隔别不相关切之精神。此予所习见者也。平居无事，父子兄弟杯酒之间殊相乐也。一有蜗角[6]，而骨肉且为攘臂[7]。至有各护其门仆，争居间之微利，遂有嫌隙者。且其薄于父兄而厚于妻子，又难言之矣。妻预外事，收门干[8]发唱主示，垂帘鞭扑人以为雄，而丈夫莫之问也。其子倒行逆施，而为之父者不出一语，且以为才辨能营殖矣。吁！孝弟之衰，世道之忧也。童子野竖，且从旁窃笑之矣。大抵世风之坏，皆自吾辈先之。即日夜以木铎[9]警于道路，犹无益于称也。言及于此，岂得已哉？

族弟从新与昆季从闇孝廉五人，一门之内，孝友肃雍[10]，而学博识富，将成帙而梓焉。予知其意在于风也，故以激切之言，而为之序。

[1] 卧冰，即二十四孝故事之一的“卧冰求鲤”，典出《搜神记》。讲述晋人王祥冬天为继母在冰上捕鱼的事。汲水，讲述后汉董黯为满足患病母亲想喝家乡泉水的愿望，每天徒步来回二十余华里担水的事。此二则均被后世奉为孝道的经典故事。

[2] 争死，即“赵孝争死”的故事。讲述汉朝赵孝、赵礼兄弟被强盗劫掠，兄弟两为保全对方互相争死的事，后以为兄友弟恭的典范。寻母，二十四孝故事之一的“弃官寻母”，讲述宋代孝子朱寿昌，母子分离五十年，弃官入秦寻母的故事。

[3] 峨冠，高高的帽子；垂绅，古有革带以系佩韨，而后加之大带，大带之垂者，称为垂绅。峨冠垂绅，指古代士大夫的衣冠，喻地位煊赫的士大夫。

[4] 称引，援引，称述。

[5] 崖岸，原指山崖、堤岸，形容人严峻如同陡壁。

[6] 蜗角，即成语“蜗角斗争”，典出《庄子集释》卷八下《杂篇·则阳》，传说有建立在蜗牛角上的蛮氏与触氏两国家，双方常为争地而战，伏尸数万。此处喻为微利而争斗。

[7] 攘臂，捋起袖子，露出胳膊。

[8] 门干，守门的吏役。

[9] 木铎，以木为舌的铜质大铃，古代汉族用以警众的响器。

[10] 肃雍，庄严雍容，整齐和谐。

论科目[1]

谈科目者，必轩轾[2]于律赋、策论及制义[3]之间，而皆非也。凡欲予人以仕者，将取其廉明才敏、朴诚忠懿，为国家之实用而已，而与文字绝不相涉。宋广平[4]铁石心肠，而有梅花妩媚之词；徐中车性极孝谨，而诗文怪放如玉川子。此其文字已与本质相反，况能肖其忠佞敏钝以出而券之当官乎？场中阅文者，辄许之曰“国器”，曰“异日远大”，此皆欺世而不必然之论也。

然欲辟举孝廉，则又不可行之今日，盖封[5]股敝庐，汉人已膏饰之矣。今之所举者，皆纨袴之子弟、膏粱之富室，公然不忌，并其膏饰之态，而亦无之。即以直指官评推而辟举之，当否可知也。黄霸以赀郎[6]，汲黯以任子[7]，郑沂以人才[8]，吴讷以医士[9]，其余杂流尚多，大抵人才之盛衰，系于气运之厚薄，非人所能逆料。有谓我诸大臣不及唐宋者，气使之然耳。

人主不能自为理，势必建官任人。而又不能无登进之途，为彼开路，则科目者，士之所由以进也。得人与否，亦听之而已，虽变更，无益也。况人之才行，可隐而假也，对面文字，其有无一覆立见，唯核之而已，安用多制哉！

[1] 科目，指古代分科取士的名目，是隋、唐以降选拔官吏的途径。

[2] 轩轾，车前高后低为“轩”，车前低后高为“轾”，比喻高低、优劣。

[3] 律赋，指有一定格律的赋体。其音韵谐和，对偶工整，于音律、押韵都有严格规定。为唐宋以来科举考试所采用的文体。策论，策是策问，论是议论，即议论当前政治问题、向朝廷献策的文章，是宋代以来各朝常用作科举试士的项目之一。制义，也叫时文、制艺、时艺、四书文，是明清科举考试制度所规定的一种文体。其由破题、承题、起讲、入手、

起股、中股、后股、束股八个部分组成固定的格式，通常称之“八股文”。

[4] 宋广平，即宋璟，邢州南和人。因曾封广平郡公，故名。唐玄宗时名相，耿介有大节，以刚正不阿著称于世。作有《梅花赋》。清余怀《板桥杂记·轶事》：“虽宋广平铁石心肠，不能不为梅花作赋也。”

[5] 刲，割取。

[6] 黄霸（前130—前51），字次公，淮阳阳夏（今河南太康）人。自幼攻读法律之学，少有大志。汉武帝末年，捐官出仕，先后任河南太守丞、廷尉正、扬州刺史、颍川太守等地方官职。赀，通“资”。赀郎，出钱捐官的人。

[7] 汲黯（？—前112），字长孺，濮阳（今河南濮阳）人。其家世代公卿，汉景帝时靠父亲保举任太子洗马。初为谒者，后来出京任东海太守，有政绩。被召为主爵都尉，列于九卿。任子，因父兄的功绩，得保任授予官职。

[8] 郑沂，字中与，浦江义门人。明洪武二十五年（1392年），明太祖朱元璋宣召郑氏子弟至御前选用，以其才中选。洪武三十年（1397年），明太祖重其孝义，自白衣擢礼部尚书。

[9] 吴讷（1372—1457）字敏德，号思庵，江苏常熟双溪（今吴市人）人。自幼力学，为人刚介。明永乐年间，因谙医学被举荐至京。官至南京左副都御史。

地　　理

天可知乎？曰可知。夫苍苍者之茫而无极也，凭空而测之，皆臆也。孰从而知之？曰以地知之。天下之悬而忖者，想也；蹠而蹈者，实也。想则其造无端，蹈则其行有方，故虚揣不如实履，此其大凡耳。

则言天之不如言地，犹之乎天道远而人道迩也。夫地则其迩之者，而政与人事相丽耳。四大[1]安在何处？虽聪明才辨之士，猝然争叩，茫然不知置对。然且无论才士，试就圣人而语之曰："若知地之所自起乎，若知地之所自浮乎。"必退然不知。即知之，又皆臆也，亦总与诸家所称浑仪转舆浮盖之说无异。故曰及其至也，圣人亦有所不知焉。非穷于数而知绌也，乃穷于理而知绌也，是真不知也。

宇宙间惟茫茫一气耳，而吾儒以理之说赘之。语阴阳之气，则归之于理，犹其语人事世情而以理畸也。气之不得不然，是高下浮沉之不得不判也。情之不得不然，是君臣父子之不得不亲也。说气说情，已自了了，何故而赘之以理？是理者又情与气之注脚耳。天之文即地之理是也，地之理即人之情是也。地之辨州画方，与天之列宿分野，有不相应者乎？地之疏阔巨浸，与天之风雨露雷，有不相配者乎？观杓转而知土膏之动[2]，观瓶水而知凝冰之寒[3]，西北宽衍而严霽[4]，东南卑泻而躁湿，此其理之可与定晓者也。萧丘[5]之有凉焰，南方之有温泉，山移而丰钟自鸣[6]，石裂而佛相自现[7]，此其理之不可以意测者也。

然而地固有其形矣，不得已而付之于理，故曰"仰观"，曰"俯察"。观则以意，所谓悬也，想也；察则确有条理，所谓蹠也，实也。山河如故，舆图不改，而一片大地，往往为机智之人所坏，益失其自然之理。又不得已而补助以位育之说[8]，亦近于想，而原于喜怒哀乐，则又人事之可据者乎？人情见媚山秀水，丰野辟疆，则忻然而喜，跃然而乐。见山崩地裂，赤土荒焦，则拂然而怒，惨然而哀，皆与天地之脉络互相关动，特一时感发，如泡影电闪，一瞬即谢耳。圣人之中和无由见也，归于天地位而已。其位天地亦无由见也，归于万物育而已。天体常动，而圣人使之不忒其动，鼓润照临，各无剩促；地理常静，而圣人使之不逾其静，山海昆岳，各无摇移，而物育矣。地者，物之所丽，其与物相比相接，视地为近，亦视地为实。故曰规天不如察地，谓此志也。尼父称上律天时，而其实理实事，则在于下袭水土。盖律犹悬拟，袭则有迹矣。自目为东西南北之人，则地之弦维而弥漫也。杏坛马迹之下，迄无拘滞，则地之流行而坎止也。由人故可以知地，由地故可以知天，无其理而实有其理，天下之事毕矣。

[1] 四大，佛教的“四大”有两种含义：一是相大，如大山大地，大江大海，大山劫火，黑团风、龙卷风等；二是用大，一切物体皆为四大组成（所造）。道教的四大，为道大，天大，地大，人大。《道德经》第二十五章称：“人法地，地法天，天法道，道法自然。”

[2] 杓，古代指北斗第五、六、七颗星，亦称“斗柄”。土膏之动，肥沃的土地有待耕种。语出《国语》。

[3] 观瓶水而知凝冰之寒，语出《吕氏春秋·察今》，意为“以所见知所不见”。

[4] 觱，古代的一种管乐器，形似喇叭，以芦苇做嘴，以竹做管，吹出的声音悲凄。严觱，形容寒风呼啸像觱一样悲凄。

[5] 萧丘，传说在南海中的海岛。岛上有寒火，春生秋灭，生长一种小而焦黑的树木。

[6] 丰钟自鸣，即古代相传的南阳“丰山霜钟”，先秦古籍《山海经》中说：丰山“有九种焉，是知霜鸣”。数千年后，于丰山发现溶洞，才知丰山能发出钟鸣之声，乃是风吹溶洞之鸣音。

[7] 石裂而佛相自现，此类现象文献多有记载。卢若腾《方舆互考》卷一载："韶州府英德县（今广东英德市）北五十里金石山，石壁高广。唐长寿三年（694 年），雷雨震开，得阿弥陀佛迹像。修丈余，莲华承座，石上有六字：'此是丈六佛迹。'"本书卷上《支干说》亦载："诏安凤山（在今福建诏安县中心区的东部），有石壁为雷所轰，现出庄严佛像。"

[8] 位育之说，即儒家"中和位育"之说，出自《中庸》："喜怒哀乐之未发，谓之中；发而皆中节，谓之和。中也者，天下之大本也；和也者，天下之达道也。致中和，天地位焉，万物育焉。""中"是天地"位"的前提，"和"是万物"育"的前提，只有天地万物的存在状况适中才能谓之"安其位"，只有天地万物之间和睦相处才能谓之"遂其生"。

论　礼

圣人之予天下以礼也，犹其予天下以文字之意也。有文字而耳目聪颖，始有所发皇，亦惟有文字而益愚破慧，人之巧乃转甚也。有礼法而登下升降，始有所绳束，亦惟有礼法而盘辟周旋，人之伪又转甚也。故老氏以为忠信之薄，夫薄则诚薄矣。凡天下之巨奸极巧，能为大不韪之事者，则皆习文字而悦诗书之人也；凡天下之饰情诡行，敢为极柔媚之态者，则皆习礼容而工周旋之人也。然绳已解矣，浑沌已杂处矣。藉令当今之世毁灭文字，芟除礼法，而尚可谓人乎？尚可谓世界乎？圣人亦逆知其后之必至于此也。但制有所必饰，而仪有所必殺[1]，使天下之人，环向而拜其君父兄，而人亦不复嗤笑惊骇以为迂怪也。若曰：“来，吾以法生汝，以法逸汝。”而要非圣人意也，则何以知其非圣人之意哉？揖让献酬，可谓极备，而必创为太羹玄酒白贲无饰[2]之说，以补助而隄防之。则圣人之所以诱世者，盖亦虑远而思苦矣。而又非圣人强为之制也。因也，则何以知其为因哉？跪乳反哺[3]，鸣原序室[4]，孰为之诏者，何其秩然有礼也，而况人之灵于物者也。圣人曰：“是可因之以行吾教矣。”故有文字则有礼法，相因相导而行者也。

盖先王之为教有三：兴诗、成乐，而礼居其中。皆文字后有言之导帅，而吾独以礼为最先。凡诗必成诵而肄者也，乐在舞象[5]以后者也。婴儿始孩，离于毛里[6]，掌而弄之，调以拱揖，习以趋走，夫非礼教之豫[7]与？故《蓼莪》綦亲[8]，《天保》[9]綦严，《关雎》[10]綦别，《行苇》[11]綦序，诗亦礼也。登歌[12]进反，各不失度；雍佾[13]升悬，自有差数，乐亦礼也。此圣人之所以辨天下而予天下以生逸之路也。至于始而习，久而玩，转而巧伪，则亦时势使然，姑听之而已。窃尝疑之，礼以别嫌[14]，先有嫌之意者存也；礼以明微[15]，先有微之意者存也。姑姊妹已嫁而反，兄弟弗与同席，礼之所禁，而其后果有齐襄公之事[16]。此乃梦想所不到者，则是当制礼时先已有不肖之想，而后以不肖防后之人，抑何其虑远而思苦也。天下固有衣冠揖让之雅，谈仁讲义之儒，而其检押[17]决裂曾不如司徒之女子[18]、冀野之田畯[19]，与夫采樵牧竖、东野丈人[20]。礼意犹有存者，则圣人之教穷矣，是岂文字礼法之罪哉？故曰圣人之教，可由而不可知；老庄之旨，可言而不可行。

[1] 殽，通“效”，效法。

[2] 太羹，古代祭祀用的不调和五味的肉汁。亦作“大羹”。玄酒，古代祭礼时用以代酒的水。亦作“元酒”。太羹与玄酒，都是周代食礼中的必备之物，祭祀时专用作祭品，并行“大羹玄酒礼”，形成历代祭天（神）祭祖（鬼）的儒家文化传统。大羹玄酒作为成语，又比喻风格古朴雅淡。贲，本义指装饰，引申指华美、光彩。白贲无饰，即朴素无色，无所修饰。

[3] 跪乳反哺，即成语“羊羔跪乳、乌鸦反哺”，语出古训《增广贤文》：“羊有跪乳之恩，鸦有反哺之义。”喻感恩父母、孝敬长辈侍奉之心。

[4] 序室，古代幼童就学之所。

[5] 舞象，是古代男子15岁至20岁时期的称谓，是成童的代名词。原本是古武舞名。语出《礼记·内则》：“成童，舞象，学射御。”

[6] 毛里，喻父母之恩。语自《诗·小雅·小弁》：“不属于毛，不离于里。”毛传：“毛在外，阳为父；里在内，阴为母。”

[7] 豫，事先有准备。

[8]《蓼莪》，《诗经·小雅》的一首，是哀痛不能终养父母的诗，表达其痛极之情。綦，极、很。

[9]《天保》，《诗经·小雅》的一首，是大臣祝颂君主的诗，表达作为周宣王的抚养人、老师兼臣子的召伯虎对新王的热情鼓励及殷切期望。

[10]《关雎》，《诗经·国风·周南》的一首，是描写男女恋爱的情歌，表达诗人对河边采摘荇菜的美丽姑娘的眷恋。

[11]《行苇》，《诗经·大雅·生民之什》的一首，是送别长辈的诗，表达的

是周文王祝长老安康的心愿。

[12] 登歌，升堂奏歌。古代举行祭典、大朝会时，乐师登堂而歌。

[13] 雍佾，即“歌雍舞佾”略称。《雍》，《诗经·周颂》中的一首，是古代天子祭宗庙完毕撤去祭品时所唱的诗歌；佾，是奏乐舞蹈的行列，古时一佾八人。佾是表示社会地位的乐舞等级、规格，据《周礼》规定，只有周天子才可以使用八佾，诸侯为六佾，卿大夫为四佾，士用二佾。《论语》的《八佾》篇，孔子抨击孟孙氏、叔孙氏、季孙氏三家在祭祖完毕撤去祭品时，也命乐工使用八佾，唱《雍》这篇诗，即歌雍舞佾，违反礼制。

[14] 别嫌，辨别淆杂的事物。《礼记·礼运》：“礼者，君之大柄也，所以别嫌明微，傧鬼神，考制度，别仁义。”孙希旦集解：“嫌者，事之淆杂，礼以别之，而嫌者辨矣。”亦指避嫌疑。

[15] 明微，阐明精微的道理。

[16] 齐襄公之事，春秋时期齐国第十四位国君齐襄公，在位期间，荒淫无道，昏庸无能，与其异母妹文姜乱伦，派彭生杀害妹夫鲁桓公，而后再杀彭生以向鲁国交代。后为公孙无知等人所杀。

[17] 检押，犹规矩、法度。

[18] 司徒之女子，即齐臣辟司徒之妻，齐臣锐司徒之女。典出《左传·成公二年》载：齐晋鞌之战中，齐顷公败，免于被俘以后，路遇一个女子让路。女子问：“国君免于祸难了吗?”答：“免了。”又问：“锐司徒免于祸难了吗?”答：“免了。”女子听后说：“如果国君和我父亲免于祸难了，还要怎么样?”就跑开了。齐顷公认为她知礼，不久查询，才知道是辟司徒的妻子，就赐给她石窌地方作为封邑。

[19] 冀野，指人才聚积之地。典出唐韩愈《送温处士赴河阳军序》：“伯乐一过冀北之野，而马群遂空。”田畯，古代管农事、田法的官，此泛指农民。

[20] 东野丈人，出自王沇的《寓林折枝》，讲述一个审时度势的故事。其内容是，能够观察天时的东野丈人，奉劝来自冰冻寒冷山谷的冰氏家族后人，如果不是拥有炭的人，未得炉火冶炼的法门，就不要进入堂皇热闹的地方。

论　诗

甚哉！才人之支赘而好为多事也。诗者，意也，言其意之所欲言，而不诡于韵律足矣。三百篇之诗，多出于其所欲言之意，咏叹之于闺门巷里之间。若声籁之自鸣，又若三岁儿子，击盂缶有声，而嘻嘻然笑，以为乐也。夫岂有沉思骛往之力，推敲造微之诣，而列之为经，不祈工而自工焉。夫惟求工愈甚，诗之所以丧也。且古无三百篇，有三百篇，而三百篇之体尊矣。无汉魏诗，有汉魏诗，而汉魏之体尊矣。无唐诗，有唐诗，而唐之体尊矣。奕世而下，岂无好古之士，一言之几乎道，可以拟三百篇，拟汉魏，拟唐，而人未之许。何则？天下之事，凡出于世之所未尝有，而辟地创立，则人咸尊以为神。而一经见闻，则沿其体制者，虽工而人不谓圣。故三百篇、汉魏诗、唐诗皆辟地创立者也。后有作者，则沿其体制而依样葫芦者也。则亦言其意之所欲言而足矣。

近之诸君子，乃高自标别，曰某家诗脉，某家诗派，某家诗体，抑何其支赘也。诗以达情，言情则体自随之。言体而不及情，未有能工者也。古人之诗，一时趣况所到，虽己亦不自觉，而后人强为之注解。本平易也，而以艰深解之；本触境也，而以援事解之。甚且借诗人之注脚，以自鸣其清言。譬如入试主司，预办批语，要奥奇新发，使人谓己富有学问，以幂[1]在所取之卷，而不知其合不合也。皆无益之空谈耳。

评诗者，言唐则唐而已，初盛晚之分别已多公案。而《诗选》[2]、《诗删》[3]、《诗归》[4]等书，种种灾木，抑何才人之支赘，而好为多事也。噫！此诗之所以愈丧也。

[1] 幂，覆盖。

[2]《诗选》，古代命名《诗选》的诗集甚多，不计别集类的，总集类诗选有宋王安石的《唐百家诗选》、明李攀龙的《唐诗选》和《明诗选》等。

[3]《诗删》，即《古今诗删》，三十四卷，明李攀龙编。是编为所录历代之诗，每代各自分体，始于"古逸"，次以汉、魏南北朝，次以唐。唐以后继以明，多录同时诸人之作，而不及宋、元。

[4]《诗归》，是自"古逸"到唐诗的选本。由明代钟惺、谭元春合编，计五十一卷，凡古诗十五卷，唐诗三十六卷。钟惺、谭元春均为竟陵（今湖北天门）人，是明末竟陵派的创始者。《诗归》代表该派的文学主张。

论《告子》[1]上

吾儒之与佛老，其难易亦易知也。吾儒之学，自洒扫应对，学识见闻，而层累之，日在尘劫中，与世界之父子、君臣、兄弟、朋友、国人相调习也。而佛老则无之，淡然一无所著，泊然一无所起，不过以其身心安顿于空虚无有之处而止耳。故有冥顽蠢野不识文字之人，而特地骤成仙佛者；未有冥顽蠢野不识文字之人，而能成其为圣贤者。孔子曰："七十而从心。"圣人当无诳语，使未至七十，则不能从心明矣。其难若是，故为佛老易，为圣贤难。

而聪明之士，多有逃其难以就其易者。而或有困穷偃蹇[2]之夫，所之既倦，郁不得志，托而逃禅以去者。缙绅士大夫，富贵已极，惟是贪生怖死，而中夜抚心，或有动于地狱轮回之说，欲佞佛祈免，而间杂以禅者。此佛老所以盛行于世，非真明见心性，有以自得。而至于顽空之辨，则又儒而杂于禅者，扬波助澜而为之树帜者也。

西方化人，见于子书中，疑与孔夫子同时，而不闻其辟之。孟子曰："杨墨之道[3]不熄，孔子之道不著。"盖与吾儒为难久矣，而夫子不距也。《鲁论》[4]仅载攻乎异端一语，而其所谓异端者，卒未尝明指其人。乃孟氏直辟杨墨，而又汲汲然与告子争辩何哉？告子之学，与杨墨绝不相类，其不得而勿求也。则亦佛老之淡然一无所著，泊然一无所起，言下排遣，不过以其身心安顿于空虚无有之处而止耳。则告子者不言佛老，而实深于空门之旨，盖天禅宗者也。无善无不善之论，总归于空而已。其意欲以此抗立门户，与吾儒为敌，故切切然争之不置，使徒一顽冥、强悍、执拗乱说之徒，则亦何事置之齿牙哉！故孟子之教，知言养气，戒忘戒助，许多工候。

而告子则一无所用，故曰先我不动心。夫孟子之不动心，即夫子四十不惑时也。圣贤分量，本自迥别，以孟子之不动心而在四十，则是贤人可比圣人已觉其为先矣。而况告子又先孟子，则是先吾孔子也，何其易言之也。故曰为吾儒难，为佛老易也。

[1]《告子》，《孟子》书中的篇目。该篇记录了孟子和告子之间有关人性道德的讨论，是孟子“性善论”思想较为完整的体现。涉及仁义道德与个人修养的问题，连带精神与物质、感性与理性、人性与动物性等问题。告子，战国时期思想家，孟子的学生。其思想以道为本，兼容儒道。又有说是墨子的学生，认为“生之谓性”，“食色，性也”，与孟子的思想根本对立。

[2] 偃蹇，困顿、窘迫的意思。

[3] 杨墨，战国时杨朱与墨翟的并称。杨墨之道，即杨朱与墨翟的学说，孟子曾说：“杨朱、墨翟之言盈天下，天下之言不归于杨，则归墨。”（《孟子·滕文公下》）。杨朱，战国时期魏国人，杨朱学派的创始人。杨朱学派是战国时期道家学派之一，反对儒墨，主张贵生、重己，他的见解散见于《庄子》、《孟子》、《韩非子》、《吕氏春秋》等书。墨翟，春秋末期宋国人，墨家学派的创始人。墨家学派以兼爱为核心，以节用、尚贤为支点，形成其完整的哲学思想。

[4]《鲁论》，即《鲁论语》，《论语》的汉代传本之一。相传为鲁人所传。西汉安昌侯张禹所传《论语》，以《鲁论》为本。既传于世，故后世又称《论语》为《鲁论》。

论《告子》下

告子仁内义外之说[1]，非也，而孟子切切攻之，亦非也。仁义礼智之目，皆吾儒强立名字以安之性上，为觉世度人之语，则固已赘矣。今夫父子之相亲，仁也。而其亲之有条理者，非礼乎？其恰当者，非义乎？知亲而亲之者，非智乎？则止言仁而不及义礼智可也。今夫君臣之相敬，义也。而其一段之真切爱敬者，非仁乎？其敬之有条理者，非礼乎？知敬而敬之者，非智乎？则止言义而不及仁礼智可也，即止言礼智而不及仁义可也。总之，皆吾儒之所以拈出告人，而非其合下具此名色耳。诱世者要在使人自还其本初，不得不借此名色以为路，而固不必津津然争辨于名色、眼目之间，反流而入于赘，且仁义一体。

告子而既知有仁矣，何独贬于义而以为外哉？其意盖将以爱敬序别。其生理之寄于物者在外，而属义，而爱之、敬之、序之、别之。其生意之畅于心者在内，而属仁，譬之舟车，其可以转移推徙之具，在柁与轴，义也。而其能转能移之妙，则在人心力，仁也。然而非告子本意也。强辨立懂之士，听人议论，明知其是，姑自创立异说以操其用胜耳。此其论支离无当，而通之以圆融之意，亦未为甚悖者。使天下之人，果晓畅于仁内之旨，一腔生意，条达充满，随其君臣、父子、兄弟、朋友之欣洽，而皆以仁行之，其于圣候当无余地矣，岂必切切争义内义外之名色哉？君子卫道，深防其原，而诱世觉人之教与其强而争之，固不若利而导之也。是又一方便法门也。

[1] 仁内义外之说，是战国时期思想家们讨论的一个重要问题。告子的“仁

内义外说”强调的是“仁内”与“义外”的对立，他把“仁”理解为对家族以内人的爱，这种血缘亲情的爱是内在的自然情感，所以说它是“内”的。同时，他又把“义”理解为对家族以外人的爱，这种爱是由外部强制的义务，因此它是“外”的。告子“仁内义外说”所表述的人性论，与儒家尤其思孟学派的核心思想相抵触，故为孟子所驳斥。

论宋儒

贼已至城下矣，犹日以格致诚正之说，进讲上前，此迂阔之宋儒所以不适于用。而后之论者，直以宋儒为迂阔而已，不适用而已。然皆耳食，而不既其实者也。夫天下之适用者，孰过于格致诚正之说，亦何物而非身心意知，何处而非格致诚正哉！农夫之治田也，未尝习为学问，而其辨土膏[1]、察天时、分穜稑[2]之所宜艺，有不格之而可为农者乎？其营情于艺事，不以岁旱而卤莽，则诚意之说也。水潦[3]均匀，不敢曲防以自利，则正心之说也。而况其有大于此也者。一邑之吏，凡情俗之因革利病，莫不一一究心而咨诹之，此真格致者也；赤心白意，以恺悌[4]字人，而不敢略有低昂轻重之意，此真诚正者也。而况以为天下者耶！固知天下之最适用者，其说莫与若也。

特宋儒之所谓格致诚正者，徒呫呫然纸上之披陈，义问之考订，空标其名目，而不实按之于国家天下之事，则亦以口角画饼而已耳。夫贼之至城下也，急需格致，当格其所以修战守、酌机宜，兵马之虚实、人才之勇怯者何若？又急需诚正。当一意复仇，的然[5]有不共戴天之矢，而不敢以偏信倾侧，为邪人开路者何若？则虽不言格致、诚正可也，即切切然言之亦可也。何则语真而用实，即令孔孟复起，其所称说人主之前，不过援引九经以为道德之实据。数列分田制产，老老幼幼以为仁义之实据，而何迂阔之有乎？

平天下之道，在絜矩[6]，而总之以恕己，则不能而遽以责之人主，窃道学之名，以为养奸比党之具，自欺于十手十目，而欲望人主为格致诚正之学。此真不恕之甚者也，岂惟不适于用，而天下国家翻受其害者亦不少矣。则标名者之过也。夫苟诚务实学，即坐卧时、吃饭时、没理会时，皆自有着落之实地，何名之与有乎？甚矣！耳食者之不既其实也。

[1] 土膏，土中所含的适合植物生长的养分。

[2] 穜，指早种晚熟的谷物；稑，后种先熟的谷物。

[3] 水潦，大雨，大雨水。

[4] 恺悌，和颜悦色，易于接近。

[5] 的然，明显的样子。

[6] 絜，度量；矩，制作方形的工具。絜矩，指道德上的示范作用。

论诱善

昔扬子云[1]著书成都，富人以千缗[2]求附名于简末，子云拒而弗许也。论者伟之，予窃谓不然。方《太玄》[3]就草时，世无有知之者，甚且有覆酱瓿[4]之诮，而富人独汲汲于求载，是必意其可传也。则识见当不减侯芭、桓君山[5]，已浸浸在张竦[6]诸人之前矣。

呜呼！悠悠世态，惟恋阿堵[7]之实，谁惜身后之名？闻有以身名而易千缗者矣，未有肯以千缗而易身名者也。人皆以好名，则为善之路不绝。君子因而与之，诱而进之，以开其途。夫非方便之法与。

穆修[8]为张知白[9]作佛庙记，亦投金廷下，不从豪士之请[10]。此其意正与子云相类，皆自为一身而不能广天下向往之门者也。然则将若之何？嘉其请而许之，取其金而立散之。人既企跃，而己亦无点染焉，当是孔孟家风耳。故世无自好之士，窃窃然非之，何以昵耻而风廉，非世之利也。世皆自好之士，株株然守之，不能诱善而掖俗，非世之大利也。

[1] 扬子云，即扬雄（前 53—18），字子云，西汉蜀郡成都（今四川成都郫县）人。西汉后期著名学者，哲学家、文学家、语言学家，长于辞赋。成帝时任给事黄门郎。著述甚丰，代表作《太玄》和《法言》，是汉朝道家思想的继承和发展者。

[2] 缗，穿钱的绳子。引申为成串的钱。古代一千文为一缗。

[3] 太玄，即《太玄经》，汉代扬雄撰，也称《扬子太玄经》，简称《太玄》、《玄经》。是古代哲学著作，将源于老子之道的玄作为最高范畴和探索事物发展规律的中心思想，驳斥神仙方术的迷信。在社会伦理方面，批判老庄“绝仁弃义”的观点。

[4] 酱瓿，指盛酱的器物。覆酱瓿，即盖酱坛。后用以比喻著作毫无价值，或无人理解，不被重视。

[5] 侯芭，又名侯辅，西汉巨鹿人，著名文学家、哲学家，扬雄的弟子。桓君山，即桓谭，字君山，沛国相（今安徽省淮北市相山区人）人。东汉哲学家、经学家、天文学家。历事西汉、王莽（新）、东汉三朝，官至议郎、给事中、郡丞。博学多通，遍习五经。著有《新论》二十九篇。

[6] 张竦，字伯松，西汉张敞之孙，王莽时官至郡守，封淑德侯。博学文雅超过其祖，但处理政事不如。王莽篡权时，替陈崇起草一篇歌颂王莽的奏言，为世人所不耻。

[7] 阿堵，亦作“阿堵物”，即钱。“阿堵”为六朝时口语“这个”之意。时人王夷甫因雅癖而从不言“钱”，其妻故将铜钱堆绕床前，王夷甫晨起，呼婢“举却阿堵物”（搬走这个东西），仍不言“钱”字。

[8] 穆修（979—1032），字伯长，郓州汶阳（今属山东汶上）人。北宋大中祥符中进士。初任泰州司理参军，以负才寡合，被诬贬池州。后为颍州、蔡州文学参军，徙居蔡州。继柳开之后倡导韩、柳古文，曾亲自校正、刻印韩愈和柳宗元文集。著有《穆参军集》。

[9] 张知白（？—1028），字用晦，沧州清池（今河北沧州东南）人。端拱二年（989年）进士，历任龙图阁待制、御史中丞、参知政事等。后知剑、邓、青三州等职务，官至工部尚书同中书门下平章事。卒赠太傅、中书令，谥文节。

[10] “穆修为张知白作佛庙记……”句，张知白任安徽亳州太守时，有豪士捐建的佛庙完工，张知白差人召穆修做纪念文章，文章成，不写豪士之名。豪士送白银五百两给穆修，求于文中记载自己名字，穆修将白银丢于院外，豪士作揖，始终不受，说：“我宁愿以游走江湖来糊口，也不会让行为不正玷污我的文字。”

论职事[1]

官之有职事，犹四民之有业也。习职事者，必练之而后精。虽有隽敏之英资，而其就熟路也，固胜于初轫[2]也，如入暗室，久乃愈明矣。职事不可离于官，犹农工之无暇日，士之昼夜攻苦，凡耳目肝胆，坐卧威仪，皆是想也。故欲天下之治安，非有他巧职，兵事兵职，刑事刑职，礼乐事礼乐职，监司郡县，人人各务其实，各兴其事，而天下固已治矣。

凡职事之坏，一坏于营私，而以事为市。再坏于传舍，而以事为寄。又再坏于议论，舍其本业，而偲偲然[3]开弄口舌之巧，而以事为戏。有志之士，惟有去耳。今夫词林之士，十年不至长安城，不翻典故，不习吏事，而遽大拜可乎？调补迁谪之官，可异抑又甚焉。唐宋宰相，朝台衡，暮州郡，莅事治民不为嫌也，寇莱公[4]之威名，张文定[5]之干略。出为州镇，终日游宴，徜荡任情，论者讥之。故向敏中[6]勤于吏事，韩魏公[7]躬亲庶职，而况其凡乎？今以七品之官[8]、六百石之吏[9]，降为佐领，不复至其地。即有至焉，亦不过优游以冀迁徙而已，尚肯以职事为念哉！何古者相臣之轻，今者庶臣之重也。虽然，藉令今日宰辅重臣，降就牧镇，而坐衙莅事，人必以顽钝窃笑之矣。

噫！此职事所以日坏，而天下之所以不治也。

[1] 职事，职务内的事情。

[2] 轫，古代的刹车木。古人启动车辆，必需取走车轫，故把“启程”、“出发”称作发轫。初轫，首次发轫。

[3] 偲偲然，互相勉励督促的样子。

[4] 寇莱公，即寇准（961—1023），字平仲，华州下邽（今陕西渭南东北）

人。北宋景德元年（1004 年）任宰相，时契丹进攻，力主抗战，反对王钦若等南迁主张，促使真宗往澶州督战，与辽订立澶渊之盟。不久被王钦若排挤罢相。天禧初年复相，封莱国公。

［5］张文定，即张齐贤（942—1014），字师亮，曹州冤句（今山东菏泽南）人。北宋太平兴国二年（977 年）进士，历任通判、枢密副使、同中书门下平章事、吏部尚书、司空等职，曾率军与契丹作战，颇有战绩。为相前后二十一年，贡献极大。卒追赠司徒，谥号“文定”。

［6］向敏中（949—1020），字常之，开封（今河南开封）人。北宋太平兴国五年（980 年）进士，历任工部郎中、给事中等，拜同平章事。官至左仆射、昭文馆大学士。卒赠太尉、中书令，谥号“文简”。

［7］韩魏公，即韩琦（1008—1075），字稚圭，自号赣叟，相州安阳（今河南安阳）人。宋天圣五年（1027 年）进士，历监丞、开封府推官、右司谏等职。在宋夏战争中与范仲淹率军御西夏。为三朝宰相，大有贡献，治平元年（1064 年）进右仆射，封魏国公。卒赠尚书令，谥号“忠献”。

［8］七品之官，明代官职按职位高低分为一品至九品，并有正、从之分。其中正七品有都给事中、翰林院编修、监察御史、大理寺评事、行人司正、五军都督府、太常寺博士、兵马副、京县丞、府推官、知县、把总等，从七品有翰林院检讨、给事中、中书舍人、行人司副、太仆寺主簿、州判、副提举、都转运盐使司等。

［9］六百石之吏，汉以石数为官员品秩的名称，石就表示年俸若干石谷粟。汉代朝官中秩六百石主要是九卿之属官，如光禄勋中郎、太常赞飨、太史令等。在地方官中，郡丞秩六百石，县令视规模大小，秩千石至六百石。

仿《药诵》[1]说

凡人肢体伤毁，心自隐痛，非肢体能觉也。使其心已死，虽举手足而斩断之，宁复有痛理乎？痒者弗能忍，又不及搔，心甚困瘁。使复别有他想，则自然忘痒矣。固知凡庸皆起于心，非肢体能觉也，犹山夫野童，虽且奔走于大风烈日之中，而富室贵人，体稍不快，则洞房重袭，鳃鳃然[2]召医问药之惟恐后。然山野之病常少，富贵之病常多，岂其生殊哉？所以护之心异也，自病故病也。

予素不服药，亦不喜延医，迩来病亦殊减，庶几东坡所谓一幸者与。然东坡不饮酒而多蓄酒，以待客之饮。不服药而多蓄药，以待人之求。夫药，犹兵也，可以止乱，亦可以召乱。使其妄投，杀人必多，是与人延敌也。且吾自无病，而抱病者以请药而来，皇皇然[3]呻吟于吾前，则亦为之不宁。无乃不济于用，而多此业案乎？予力不能蓄酒，客至待以卒然之具，而药则绝不复蓄，其省事又过于东坡矣。间有规予服药者，谓补助之功，不在粱肉之下。乃仿《药诵》之旨，使人诵之。曰：

汝欲医汝之愚钝乎？请投之以益智[4]。

汝欲医汝之病忘乎？请投之以远志[5]。

汝欲医汝之诎讷乎？请投之以雀舌[6]之芽。

诵止矣。譬如道路饥渴，为称说太仓稊米，又语之以哀家之梨、陇上之梅，而津液已隐隐起于舌端矣，亦不果药。

[1]《药诵》，是苏轼撰写的诸多养生类作品中的一篇，收录于《东坡养生集》中。其诸多养生作品，为后人留下了行之有效的养生方法。

[2] 鳃鳃然，恐惧的样子。

［3］皇皇然，心中不安的样子。

［4］益智，别名益智仁、益智子。姜科，山姜属多年生草本植物。果实供药用，有益脾胃，理元气，补肾虚滑沥的功用。治脾胃（或肾）虚寒所致的泄泻，腹痛，呕吐，食欲不振，唾液分泌增多，遗尿，小便频数等症。

［5］远志，又名葽绕、蕀蒬等。多年生草本，具有安神益智、祛痰、消肿的功能，用于心肾不交引起的失眠多梦、健忘惊悸，神志恍惚，咳痰不爽，疮疡肿毒，乳房肿痛。

［6］雀舌，茶叶名称，因形状小巧似雀舌而得名。其香气极独特浓郁，是以嫩芽焙制的上等芽茶。

支干[1]说

支干之说，最不可解。某日甲子，某日乙丑，皆历家以意名之。而历必有所自起，使当初起时不首甲子，而首乙丑，则千百世以后之甲子，即为乙丑日矣。尚可以甲子而定，是日之吉凶乎？甲乙为木，丙丁为火，亦名之者自为分配耳。使大挠[2]当日以甲乙为火，丙丁为木，亦迄无定属也，安可以此定为木日、火日，而断其生克衰旺耶？

大抵天地间，惟人最多事，亦最有权能。凿造化，命阴阳，驱使鬼神，盗泄二五[3]，强天地以不得不从之事。天地亦且听命而受其驱役，而人复阳尊而奉之曰："此天地之法。"于是天地亦藉以有权，则天地之尊，人命之也；天地之权，人贷之也。久远相沿，遂以为真有甲乙，真有木火，真有生克衰旺，真有月将日符[4]，而犯之者凶。总之，自设自疑，如弓影蛇迹，而适值其败，遂举而咎于支干云耳。

诏安凤山[5]，有石壁为雷所轰，现出庄严佛像。石色皆黑，此像独清光白皙不改。夫二仪初分[6]，四大即判，开辟以来，已有此石。尔时西方化成未立，佛无有也，岂天地逆知后日之必有佛教，而先蕴此像于石中乎？抑佛教降生而天地从之，乃始孕此像乎？顽石无情，是先是后，皆不可解之理也。有无影响之间，半天半人，交相因而已耳。予行过其地，沉思茫然，因及于支干之说。

[1] 支干，即地支、天干。古代以支干相配纪日，后亦用以纪年月。

[2] 大挠，传说为黄帝史官，始作甲子。

[3] 二五，指阴阳与五行。

[4] 月将，古天文学概念。即太阳躔次，指太阳以一周年为循环，在黄道十二宫（十二次）运动经过的十二个位置。古代想象相应有十二位神将护法，即十二月将。日符，谓梦日入怀的瑞应。

[5] 诏安凤山，在福建漳州市诏安县中心区东部 8 公里处，今开发为凤山生态公园。

[6] 二仪，即阴阳。二仪初分，指万物之始。易学认为阴阳的变化由太极开始，太极产生二仪，然后由二仪生四象，由四象化生万物。

蚺蛇[1]说

信宜多深林丛薄，故产蚺蛇。予莅兹土，已弥十月矣，适徭人[2]有活得之者，舁[3]而来献。长可丈余，委之于庭，蜿蜒盘桓，不震不惊，亦无迫人之意。

按药书称蚺蛇之胆，能止棒痛，虽杖不伤。故台省[4]之抗直而好言事者，虑其有廷杖之虞，率多藏焉。予远方小吏，又经罪过之后，言事非其梦想，自度无所用。即有一二知交，列在台省者，欲以此遗之。然自我大行皇帝二十年来，宽容仁厚，未尝杖一谏臣。新皇帝圣明，改元初政，已烨然改观。其止辇听受[5]，优容言路，又自可知。此胆亦安所用为哉？夫欲得者少，则取之者亦缓。所谓天子有道，泽及昆虫，此类是也。命放之于山，而徭人复刳其胆以进，乃愀然存之。

昔之官南海者，不市丹砂药物，史氏以为美谈。而予不能却徭人之胆，即偿以其所值，而自愧甚矣，且有感焉。翡以翠弋，麝以馥罹，是有用之累也，皆其自取。然蚺蛇性极柔顺，闻人衣服之气，则喜不忍去，此其意似欲与人相亲者。利其胆而刳之，因其亲己而取之，则是莫憯于人心而反恶蛇蝮之毒，何其不知自恶也。

庚申[6]九月望日

[1] 蚺蛇，体型大的蛇，属蚺科。在中国，蟒蛇有时也被称为“蚺蛇”。

[2] 徭人，历史文献对瑶族的称谓。

[3] 舁，抬。

[4] 省台，朝廷诸省和御史台的并称。

[5] 止辇听受，指皇帝虚怀听受官吏的进言。

[6] 庚申，即明泰昌元年（1620 年）。

好事说

文章无益于世而能行之不朽者，神也。以神行文，非以文行神也。文章之妙，在吐其中之欲所言，口与心一，而真切畅快。如顾长康、吴道子[1]，描写人物，却得其语言谈笑之状。又能如董、巨[2]描写山水，却得其远近曲折之势，寸步万里。故自古以来，惟庄生[3]最为辟地，极纤极细之物，至微至鄙之事，一经唇吻，皆可笑可恨，可歌可咏，即无论齐万物、一生死，旦暮见解。而儒者以诗书发冢，直写其口仁义、心盗跖，从容俳戏之景，令人喷饭满案。只此一段，便为千古绝唱矣。汉世惟司马太史[4]独得其宗，而唐之韩昌黎、宋之苏文忠[5]皆庶几焉。故予尝欲自创一园，列诸人而祠之。文章以庄生、司马为正宗，而以韩、苏配享。诗以陶渊明为正宗，而以元次山、白乐天、李、杜[6]四人配享。书以钟、王[7]为正宗，而以僧怀素、颜、柳及米元章[8]四人配享。顾其力尚未能也，记与好事者采之。

[1] 顾长康，即顾恺之（348—409），字长康，晋陵无锡（今江苏无锡）人。东晋时期杰出的人物画家。博学多才，擅诗赋、书法，尤善绘画。时人称之为三绝：画绝、文绝和痴绝；吴道子（约680—759），又名道玄，阳翟（今河南禹州）人。唐代著名画家，画史尊称画圣。尤精于佛道、人物，长于壁画创作。开元年间以善画被召入宫廷。

[2] 董巨，五代南唐画家董源、巨然并称“董巨”。董源（？—约962），一作董元，字叔达，江西钟陵（今江西南昌进贤县）人。五代南唐画家，南派山水画的开山大师。巨然，僧人，钟陵（今江西进贤）人，一说江宁（今江苏南京）人。五代南唐、北宋画家，师法董源，擅山水。

[3] 庄生，即庄周。

[4] 司马太史，即司马迁，承袭父亲的职务任太史令，故称。

[5] 韩昌黎，即韩愈，自称“郡望昌黎”，世称“韩昌黎”；苏文忠，即苏轼，卒后御赐谥号“文忠”。

[6] 元次山，即元结，字次山，里居、阅历见《仿元亭记》注。白乐天，即白居易；李，即李白；杜，即杜甫。

[7] 钟，即钟繇（151—230），字元常，颍川长社（今河南许昌长葛东）人。三国时期曹魏著名书法家。王，即王羲之，东晋时期著名书法家，有“书圣”之称。

[8] 僧怀素（737—799），字藏真，俗姓钱，永州零陵（今湖南零陵）人，唐代书法家，以“狂草”名世，史称“草圣”；颜，即颜真卿；柳是柳公权；米元章，即米芾（1051—1107），初名黻，字元章，号海岳外史，又号鬻熊后人、火正后人，湖北襄阳人，北宋书法家、画家、书画理论家。

世运说

物力之华，至今日极矣。服食居用，皆争以侈相高。诸所好尚，欲穷耳目见闻之外以为巧，然皆天意也。试以花草论之，如杜鹃、山芝种种诸色，旧无百叶，而今皆丛蕊叠葩，以供人之玩赏。是天且自变其葩，以曲就人世之华，人安得而不华。人心之鸷害，至今日极矣，即穷乡小民，多瞋目剑腹[1]，好为害人之事，而况豪有力者乎？然皆天意也。

予少小时，雨水多调，而今独多旱，春稻或有蠡蝗之病，而晚稻则绝无灾。今之晚稻，种种受病，不一而足。其雷雹异常，皆长老所未见者。是天且日肆其毒，以贻人之害，人安得而不害人。是皆不可知之数，而不可救之事也。故曰及其至也，圣人亦有所不知焉，不知其世运之所以然而已。及其至也，圣人亦有所不能焉，不能使世运之不然而已。

[1] 瞋目剑腹，怒瞪眼睛，怀着满腹害人阴谋。

题《爱莲图》说

夫莲之为物，清而不染，艳而不淫，其根、叶、花、实皆可当于用，故宋人爱之。而予尤甚，非苟为同而已。甲辰[1]春，梦红莲一朵，自天而下，祥云随之，飞翻无定，人争以手承接，忽落予怀中。其于莲，盖若有夙缘也。因名其所居之室曰“莲山”，欲买地凿池以种艺之，而贫窘无力。浪游京师，困踬者一十五年；宦游侨居，又复无常宇。故其事未果。

适有以仇十洲[2]《爱莲图》相遗者，予喜而置之斋头，可无凿池灌水之烦，而四时不谢之花，常供吾目。自谓便之，与吾迁徙相随。及归自太仓，卜居西湖，是可以沼而莲矣，而懒漫又未果也。时展此图，有观而欲得之者，予慳而不能舍。使予凿沼而种，观者必无欲得之意，主者可无慳吝之虑。故闻有乞人卷轴者，未闻有乞人池沼者，天下事便不便，未有定也。且世之所欲得者多矣，予独以其精神，注之于花卉之间，意其与世不争，可以自适，而犹不免于吝。彼我之情未畅，烦恼之根尚伏，得无多此因业乎？

夫烦恼皆生于爱，而爱之为我累也，亦大矣。材与不材之间，漆园氏[3]处之而非也，吾乃今得之矣，默然自爱吾莲。

[1] 甲辰，即万历三十二年（1604 年），时陈如松四十一岁。

[2] 仇十洲，即仇英（约 1498—1552），字实父，一作实甫，号十洲，又号十洲仙史，太仓（今江苏太仓）人，移居吴县（今江苏苏州）。明代著名画家，擅人物画，尤工仕女。

[3] 漆园氏，指庄子。庄子曾在蒙邑中为吏，主督漆事。

题倪云林[1]画轴

今且有人于此，峻府孤立，约己忤世。其是之者，则曰是刻厉而戆直，不失为古人者；其非之者，则曰胡为而矫激[2]也，躁也。今且有人于此，敛身就人，和同翕谀[3]。其是之者，则曰是冲挹而容众，金玉其度者也；其非之者，则曰胡为而软媚也，佞也。又且有人于此，阳居清浊之间，缪混和介之迹，与时上下，阴用其术。其是之者，则曰是不狂不狷，近于中行之遗者也；其非之者，则曰胡为而模棱也，巧也，诈也。是之与非，如三家之市，不胜异意，孰从而定之。

予收藏云林倪颠山水一轴，半以为真，而或以为假，是非真假，亦未有定也。夫以为真则真而已，以为假，则四大[4]尚属假合，而况其凡乎？世界皆假也，认之以为真，尤假之甚而愚焉者也。真耶？假耶？当以问之云林居士。夫居士，盖假真而旷达者也，倘其有灵，必展［辴］然[5]而笑曰："真不真，假不假，枉费若辈口角之争，无以为也，无以为也！"

［1］倪云林，即倪瓒（1301—1374），初名珽，字泰宇，后字元镇，号云林子、荆蛮民、幻霞子等，江苏无锡人。元末明初画家，擅画山水、墨竹，师法董源，受赵孟頫影响。早年画风清润，晚年变法，平淡天真。书法从隶入，有晋人风度，亦擅诗文。与黄公望、王蒙、吴镇合称"元四家"。

［2］矫激，奇异偏激，违背常情。

［3］和同，和睦同心；翕谀，一致谄媚。

［4］四大，佛教的四大，谓地、水、火、风四种物体均能保持各自的形态，不相紊乱。地大以坚为性，水大以湿为性，火大以热为性，风大以动为

性。四大又有实假之分，从四大的坚湿暖动诸性而言，唯身根能感触，属触处所摄色，为实四大；眼根所见的四大，是形色和颜色，属假四大。

［5］ 龈然，笑的样子。

纪　梦

世说王曾[1]及第之年，有计偕[2]三士人，宿于城隍。已就夜矣，闻轩车[3]闹甚。俄而有冕旒[4]神人入而肃客[5]，如缙绅展拜之礼。坐定，语城隍曰："今年状元是何题目也?"曰："铸鼎象形[6]赋耳。"因相与商曰："新状元文字当为起草。"遂次第，人占一联。既讫，命吏誊写"召状元魂"，朗诵授之，各别而去。三士人各闻知也，诵所为赋甚悉，因思新状头，必我三人，不然，胡奇若此。然所召来魂容，我三人者，顾无一类，何也?入试，题果此题目，而三人者平时讽诵，不错一字，临场抽取不记一字，各以意为之。写完，则复能津津成诵矣。共候于院门，每人出辄求闻其起句。最后乃得王曾，才诵一语，则三人者俱能悉其终篇，而王果得魁首也。

予尝不信此言。丙申[7]二月，有门人某为予言曰："昨梦人持一卷相示，云是科儒士首卷。不晓其题目，阅其劈头，有常情易动之会之语，而以'大行不加，穷居不损'[8]作二大比耳。"此生儒者也。予谬应之曰："待汝入试日，姑依之。"至八月，方明斋宗按临[9]，而此生以儒士入试，其题目则"令尹子文三仕为令尹"[10]也。然梦中语已忘之矣，适有持一卷以示，予与门人共观之，则恍若梦中所阅者也。明斋极赏识之，名在第一，而门人则黜不录矣。然此卷实出自代笔，事露亦遂除去名云。夫一儒士首卷耳，乍开乍落，何关于事，而其文已先定如此，则神人起草之事，当或不诬矣。谈及于此，令人钻剩热场，顿然冰冷，故纪之。

[1] 王曾（978—1038），字孝先，青州益都（今山东青州）人。北宋咸平年

间，连中三元（乡试解元、会试会元、殿试状元），以将作监丞通判济州。历官吏部侍郎、中书侍郎、同中书门下平章事等，北宋景祐二年（1035 年），封沂国公。

[2] 计偕，汉时被征召的士人皆与计吏相偕同上京城，故称为“计偕”，出自《史记·儒林列传序》。后世指举人赴京会试。

[3] 轩车，有屏障的车，古代大夫以上所乘。后亦泛指车。

[4] 冕旒，古代中国礼冠之一种，为礼冠中最贵重者。

[5] 肃客，迎进客人。

[6] 铸鼎象形，出自春秋鲁国左丘明的《左传·宣公三年》：“昔夏之方有德也，远方图物，贡金九牧，铸鼎象物，百物而为之备，使民知神奸。故民入川泽山林，不逢不若，螭魅罔两，莫能逢之。”即通过铸造仿生的鼎，表达对自然神灵的崇拜，从而借助神灵来避邪。

[7] 丙申，即万历二十四年（1596 年），其时陈如松尚为诸生。

[8] 大行不加，穷居不损，出自《孟子·尽心上》：“君子所性，虽大行不加焉，虽穷居不损焉，分定故也。”意思是君子的本性，即使他的主张通行于天下，也并不因此而增加；即使困窘隐居，也不会因此而减损。因为他的本分已定。

[9] 方明斋，即方应选（1551—1604），字莱甫，别号明斋，华亭人。明万历十一年（1583 年）进士。历官汝州知州、山东副使，万历二十三年（1595 年），调任福建提学副使，累至卢龙兵备副使。著有《亲甫集》十四卷。按临，即巡视。

[10] 令尹子文三仕为令尹，出自《论语》。令尹，春秋战国时楚国最高的官职，掌军政大权。子文，鬬氏，名穀於菟，字子文，生于郧（今京山、安陆一带）。春秋时期曾三次做过楚国的令尹。

现 相

天将败人之国，则必生其所以败之之人。故凡奸邪谗贼，有胸无心，败坏毒乱，至不忍闻。岂其枭獍[1]之性，一至于此，无亦有厌纵其心，以授矛戟。则是凶人者，天所生以为败资也，而乃有地狱阿鼻[2]之说。夫与其死而虐之，孰若未生而止之。天必不若是矛盾也。而说者曰事近于虚，而可以助儆者，则圣人不废教存焉耳。然吾未见十八变相[3]之可以詟[4]奸邪之胆也。夫机心谋人，势危骑虎，情同搏虺[5]，风吹草动，皆成疑虑，亦劳拙而惫之甚矣。以有尽之年，而谋不可知之拙祸，焦髓槁精，苟少知警者，其为生前地狱不已重乎？不此之畏，而曰彼之足畏者，吾又未见其然也。屈子问天，使天而可问，吾将举以质之。偶与友人谈王雱、秦桧[6]现相事书此。

[1] 枭，恶鸟，生而食母；獍，恶兽，生而食父。枭獍，比喻忘恩负义之徒或狠毒的人。

[2] 地狱阿鼻，即阿鼻地狱，永受痛苦的无间地狱，出自《法华经·法师功德品》。

[3] 十八变相，即十八层地狱变相图，是古印度佛教文化与中国传统鬼巫文化的融合产物，描述人堕地狱受种种罪报之真相，核心内容是灵魂不灭，轮回转世，善恶有报，惩恶劝善。

[4] 詟，丧胆，惧怕。此处当作使动用法。

[5] 虺，古代中国传说中的一种毒蛇，常在水中。

[6] 王雱（1044—1076），字元泽，王安石之子。北宋临川（今江西抚州市临川区）人。才高志远。积极参与其父王安石变法，曾任职太子中允、崇政殿说书，受诏撰《诗》、《书义》，擢天章阁待制兼侍讲。书成，迁龙图

阁直学士，以病辞不拜。卒时才三十三，特赠左谏议大夫。秦桧，南宋初年宰相，大奸臣。

黄太史[1]别传

予受知于黄太史最深，又加恩焉，故其知太史亦深。太史没于家，予在萧山，追想其饮食笑处，及腑肺相示之言，泣且洟洟[2]也。予不能以磐折[3]避忌，曲事贵人，意有不合，发怒愤激，惟太史能容吾之狂。他人不能，即色忍之，而于意弗是也。太史谓予曰："人正在规劘[4]知心耳，岂必曲诡为好也者。"余自通籍[5]以后，少闻逆咈之言，况层累而上者乎。能规予短者，独足下一人。而不肖多过端，亦辄瞋目相诋也。周旋十余年间，交相师友，然而无所以命之，以为巍岩之人也与哉！而去幅披襟[6]，无少长贵贱，莫不醉风而感激，爱依之者，以为温文之人也与哉！而正气直心，凛不可回。其切责人，曾弗少恕者，以为独醒之人也与哉！而推毂举荐，不令人知，亦不遗余力。家居时有厄于吏网者，阴为之解脱。其人来谢，俱绝去之。吾以无所以命之，以为天倪之人[7]也与哉！

而庄生有言，知之浅矣，弗知深矣。尝语相国曰："先生担重，幸坚骨力，无令人赋采荷也。"代府之事，庭议交盈，则语宗伯曰："丈夫取大魁，历玉堂，夫复何求？而为局促不决之状哉。"盖初在词林[8]，未有担身，而阴以正言，维持时事如此。李文节[9]在荒庙中，人无敢至者，太史独数视之。诗文皆温醇清雅，如其孝弟之性。广平[10]妩媚，夏侯[11]雅粹，信矣。太史讳国鼎，号九石，辞庶子而没，夫天未欲平治天下也。

论曰：以文节之介，或言其矫，则美宅丰田者真矣。其独往任事，意在不可一世，则时使之然，岂本怀不已哉？仁者之勇，清者之知，不言而四时之气已备，太史当之矣。

[1] 黄太史，即黄国鼎，字敦柱，号九石，福建晋江人。明万历二十六年（1598年）进士，选庶常，授编修。历右春坊右庶子兼侍读。宰相李廷机致仕后病重，平昔相善之人多引去，黄国鼎则一日一视。

[2] 洟，鼻涕；洟洟，泪涕俱下。

[3] 磬折，即弯腰，表示谦恭。

[4] 规劘，规劝切蹉。

[5] 通籍，记名于门籍，可以进出宫门。后来便称做官为通籍。

[6] 幅，幅巾，乃古代用全幅细绢裹头的头巾，男子用以束发。去幅披襟，去掉幅巾，敞开衣襟，比喻舒畅心怀。此处当指心胸宽畅。

[7] 天，在中国文化中指“道”；倪，端、边际。天倪之人，到达道的边际的人，即达到道的境界。

[8] 词林，翰林院的别称。

[9] 李文节，即李廷机（1542—1616），字尔张，号九我，福建晋江人。少贫励学，明隆庆四年（1570年）举顺天乡试解元，万历十一年（1583年）会元、榜眼，累官礼部尚书兼东阁大学士，为政以清、慎、勤著称。受皇帝赏识，入内阁，然也受到朝廷内外反对，不得已而致仕。卒赠少保，谥“文节”。

[10] 广平，即宋璟，里居、阅历见本卷《论科目》注。

[11] 夏侯，当指夏侯审，唐代诗人，“大历十才子”之一。建中元年（780年），试“军谋越众”科及第。授校书郎，又为参军，仕终侍御史。工诗歌，与诗人韦应物、卢纶、钱起、司空曙、李嘉佑等交游唱酬。

孝烈李氏小传

吾邑近多贞烈，若陈，若吴，若柯，烨然耀人耳目。而予游宦于外，恨不及见其当日之状。复闻晋邑有孝烈李氏者，何郡娃之多奇也。国有死节，则运厄；家有死烈，则义厄。岂善事之福哉？然微是轰轰而皎皎者，须眉之子，且无所抱愧而忸颜于人世矣。

李氏自竹坡先生以诸礼著姓为世风声，而孝烈幼有志操，其许归于杨郎翰鷨，冰尚未泮，玉犹未倚[1]也。夫岂有婉娈[2]之好，感激其胸，为是悼忿无所复顾之计哉！而孝烈不死于感，而死于性。方杨郎以功苦婴疾，固虑骨立[3]必死，而孝烈隐痛不言。及杨郎以八月上入讣闻，而孝烈每饭减餐，默备三七之奠，复寂然不言。时称贞静，其静也，乃所以贞。而孝烈之默然不言，乃其所以死耳。不言而死，则孝烈之死真矣。盖孝烈不欲以哭踊奔丧之礼伤其母志，又不欲为耀众惊俗之举，以钩取一时之名。越四十余日，正襟床褥，垂缢而死，何从容也。孝烈私谓所昵女流曰："一许无二，亡则俱亡，分自应尔。"虽有尼[4]之者，弗为动色，且辄诫其人，勿复泄也。孝烈之父，启丰伯凤栖母氏死而易箦[5]，舒笑如生。盖恬然矢节，实孝烈之本怀云。

论曰：缘感生情者，感去情灭，孝烈之于性笃矣。君子誉人，必原其世，竹坡之家声可弗论著哉！九原之下，先生当愀然曰："恨此女不为男子，其以身许主，而为不二之臣焉必也。"

[1] 冰泮，冰融的时期，指农历仲春二月。明谢谠《四喜记·大宋毕姻》："天结良缘，花凝瑞霭，佳期正当冰泮。"冰尚未泮，喻良缘佳期尚未结束。玉倚，表示地位低的人依附地位高的人。玉犹未倚，此处借喻尚未

过上好日子。

[2] 婉娈，依恋。

[3] 骨立，形容人形貌极为消瘦。

[4] 尼，阻止、阻拦。

[5] 箦，竹编床席；易箦，更换床席，专指将临终的人从房间内移到厅堂。

才新传

才新者，邑之梓人[1]也。工巧善事，其于凿枘缝合之间，密微恰当，人争欲得之。而揣分忍贫，放然自适。察其言，壹似有道，尤择人而后应艺。苟弗当于其意，虽重资强致之，投刀弗顾也，驰而走矣。有富人强闭之独室，令其操技，不见异物，才新怒曰："汝闭吾之身，能闭吾之心耶?"愈闭愈无益也，即王平子霏屑玄言[2]，当不是过耳。

性嗜酒，尤善呼博，所入之值，随手散去。家无一钱之贮，夷如也。或访之谋生，笑曰："吾天之僇民，吾自揣固也。以僇民而赢余钱财，与天为逆，益且不祥。"远出在外，而其妻已别适矣。归而遇诸途，妻不反顾，不交一睫。人意才新之必讼于官也，复笑曰："不义之妇，对面相失，将安用之，讼亦何为，听之去而已。"终其身亦不复娶。

友人谢汝献颇奇其行，举以语予，而洪景申亦稔知之，是何人者耶！天下无道，道在庶人；君子失道，道在小人。作才新传。

论曰：虽小道，必有可观者焉。匠石之挥斤[3]，梓庆之削鐻[4]，皆不以外物撄心[5]，进乎道矣。才新学道在诸君之后，成道当在诸君之前。予甚愧之，而卒未及升堂，惜哉！

[1] 梓人，古代木工。

[2] 王平子，即王澄（269—312)，字平子，琅玡临沂（今山东临沂）人。东晋名士，出身世族，有盛名。勇力过人，好玄谈，身任要职，却不拘礼俗，举止放诞，甚至裸露全身以标新立异。霏屑，指滔滔不绝的谈吐。

[3] 匠石之挥斤，即成语"郢匠挥斤"，出自《庄子·徐无鬼》，战国时期，楚国有一人鼻尖沾上一点白粉，请一石匠用斧头把白粉砍去，"匠石运斤

成风，听而斫之，尽垩而鼻不伤”。比喻纯熟、高超的技艺。

[4] 鐻，古代的一种乐器，夹置钟旁，为猛兽形。本为木制，后改用铜铸。梓庆之削鐻，即成语“梓庆削鐻”。梓庆削刻木头做鐻，鐻成，见者无不惊叹其鬼神功夫。鲁侯见而问：“你用什么办法做成?”梓庆回答道：“我准备做鐻时，从不敢随便耗费精神，必定斋戒来静养心思。”

[5] 撄，扰乱。不以外物撄心，指心神宁静，不被外界事物所扰，乃道家所追求的一种修养境界。

懿行传

吴观国有婢子来媳舍下，言其主母吕之懿行甚详。而予与观国自少相友善，当如德公子操之例，以大嫂呼之，益乐闻而详叩焉。嫂氏晚而无子，与观国不调琴瑟之音者，已十余年。一听观国自娶副贰，无几微懊恨之意。夫其不恨焉，则亦已矣，又为观国力持家事，纤微必惜。身自食蔬粝[1]，涤爨器[2]，鸡鸣婢妾鼾睡，嫂氏已在灶下举蕴火[3]矣。俭而且劳，以美食逸其婢妾曰："是将为吾抱子者。"此予所稔知，非浪言也。

开辟以来，有血气即有一种恨根蜿蜒，于恒河尘劫之内，遇物即动，触人即发。盖天地间顺者少而逆者多，故快者少而恨者多，谁得而消灭之，正以众小恨结成世界一大恨耳。诗文不愤恨则不跌宕，不足以动人，故学士之家，多喜诵《离骚》《孤愤》[4]。即三百篇最称温和，试问《绿衣》[5]之章，所谓心忧曷已者，名为不怨，而实有抑郁无聊之思，结于肺脏，而溢于唇端。此妇人之贤者也，圣人且尊而录之，万世而下，犹乐道之。则是教人以恨也，好异之徒，为之说曰："士不能恨，则无聪颖；女不能恨，则无灵性。"故观国常对人言其内子愚钝。噫！嫂氏愚钝之人也与哉？充嫂氏之志，则《离骚》可以不赋，《孤愤》可以不作，《绿衣》可以不咏，举英雄奇杰所谓悲歌感慨之词，皆可一笔勾抹。

而嫂氏死矣。予在河源，欲俟还里舍，具冠服，登堂望帷以谒拜之，而恨其不及也。嫂氏自举三女，尝谓之曰："而且以若为是予所呱抱者，而且以为亲乎！吾固有子，吾妾氏固即生子也。"其不作分别如此。夫无分别者，乃世间第一乘义，由佛老言之，可以成道；由吾圣贤言之，可以同人，可以肩世。恨何由蘖[6]，故为述其意，匪告夫髢而髻者[7]也，将以告夫须眉而冠[8]者。

[1] 粝，粗粮，糙米。

[2] 爨，炊，烧火做饭；爨器，即炊具。

[3] 蕴火，储存并保持恒温的火。

[4]《离骚》，战国诗人屈原创作的文学作品。“离骚”，东汉王逸释为：“离，别也；骚，愁也”。《孤愤》是法家思想的集大成者韩非所著的书篇名。《史记·老子韩非列传》：“（韩非）悲廉直不容于邪枉之臣，观往者得失之变，故做《孤愤》。”

[5]《绿衣》，《诗经·国风·邶风》中的一首，是男子的悼亡之作。表达丈夫悼念亡妻的深厚感情，是中国文学史上传世最早的悼亡诗。

[6] 由蘖，树木枯槁或被砍伐后重发的枝条。

[7] 髢，假发；髻，盘在头顶或脑后的发结。秦汉之际，妇女及成年，开始梳髻。髢而髻者，即成年妇女。

[8] 冠者，指成年人；须眉而冠者，即成年男子。

寿太安人何婶母八十有四序

方今利重名轻，何物阿堵[1]入据人之肠胃，而安淡茹素者，反目为鄙拙。能约己忧公、廉明自爱者，实鲜其人，况于闺阁之伦，而有拔俗远见乎哉？然范忠宣[2]有言：凡人仕宦，未有不累于妻子者。故闻人之贤，必详推其阃[3]内之行，则刑于急矣。而母氏之教令尤为最先，使其沿习尘味，见同俗妇，即为子者纵有挺立之概，不无委曲而有难意耳。

我叔默庵翁[4]文学政事兼美双辉，士林白璧，其进显于世，由督税而守苏门也。清廉卓异，考最[5]为天下第一人，且安于其任。海内人士，谁不知有叔翁者，然知叔翁，遂知有太安人矣。

太安人出自何氏望族，而弱笄[6]入门，孝虔公姑，恪敦仪则，怨尤俱泯，内外戚属咸钦之。然此乃妇道之恒，如人之家常饭，自当尔耳。所最不可及，而令人忸颜愧心者，有二事焉。妯娌同居，合食共爨[7]者四十余口，太安人任力任劳，抚育诸儿孙，至三十余年。百凡毕举，靡间言，亦靡偏私，非惟雅性如顾家妇，而才亦足配络秀[8]矣。然犹阃以内之事也。叔翁兄弟五人，其长叔亦筮仕下僚[9]，太安人即正告之曰："当尽力王事，无隳[10]厥职。"此其见卓而思远矣。及叔翁显，登仕路，每每告诫之曰："切勿为儿孙计。"此宦谱中顶门一巨针也。方叔翁初发时，捷书报到，太安人不许亲友为之鼓吹，曰："吾家自觉淡薄。"是志不在富贵，乃其素也。则其福量岂有涯哉？

陶公[11]为吏，以蚶鲝馈其母，湛氏却而不受。至今传叔翁服官，一介不染，固无长物可以将母。而由此推之，湛氏之廉，亦太安人余事耳。藉令中外诸人具此二美，竭力任劳，不歧彼此，无弛担亦无自润，公以忘私，一心王事，勿恋儿孙之计，如太安人之所以柄家而训子者，天下事何至若今日败坏之甚哉！天乎！何不假以须眉，使得秉钧轴[12]，而徒令其弁帨[13]。则太安人者，非徒闺黛之型范，实衣冠之祭酒[14]也。

今年八十有四矣。叔翁之事业，方且恢恢弘大，则太安人之福寿，尚且亿万也。而诸昆子姓[15]，欲命如松一言为贺。夫扬美盛咏眉寿者，乡绅先生之事也，予实非其任。然称闵氏至孝者，谓人无间，亦从父母昆弟之言而信之耳。安陵之郝夫人、东海之钟夫人[16]，皆以皓首垂范，而子孙歌咏辄不辍口。则凡我诸子侄之言，无异闵氏父母昆弟之言，皆信而可征者也。且予守太仓时，颇廉明自爱，与太安人训诫之旨，适相符合。而叔翁在苏州之日，人称曰“佛爷”，即予不肖去任已二十年，而念旧者犹以“陈半仙”溢称。后先之际，不至玷辱叔翁仁风。则非惟源流支派，幸附一门，而勤慎廉明，庶托一脉。今日之登堂上寿，颂不为谀，庆亦非阿。盖以姑苏之旧仙吏，拜舞于姑苏佛爷萱堂之前；以八十一岁之侄孙，自同邑而入，偕子姓以称觞[17]于八十四岁之祖婶膝下。亦兹辰美景而一大快事也。遂忘其鄙拙，聊掇一词，而更有进焉，以为百年未央[18]之祝。

[1] 阿堵，亦作“阿堵物”，即钱。

[2] 范忠宣，即范纯仁（1027—1101），字尧夫，北宋名臣范仲淹次子。宋皇祐元年（1049 年）进士，授襄邑知县，累官侍御史、河中知府、成都路转运使、给事中等。元祐元年（1086 年）拜相。宋哲宗时贬永州。宋徽宗登基后，官复观文殿大学士。卒谥“忠宣”，著有《范忠宣公集》。

[3] 阃，原义门槛，延伸为内室。

[4] 默庵翁，即陈洪谧（1600—1668），字龙甫，号默庵，福建晋江人。明崇祯四年（1631 年）进士，授南京户部主事，管北新关，迁员外郎，擢苏州知府，晋太仆寺少卿。官至兵、礼两部侍郎，唐王时加文渊阁大学士。陈洪谧在辈分上为陈如松之族叔，然年纪比陈如松少 36 岁。

[5] 考最，古代政绩考列上等。

[6] 弱笄，古代指少女未成人。

[7] 爨，一种土、陶制的厨房炉灶。

[8] 络秀，即东晋尚书周顗之母李氏，有远见。典出《晋书》卷九十六《列女列传·周顗母李氏》。后用于指有才识之女子。

[9] 筮仕，原指古人将出做官，卜问吉凶。又指初出做官。下僚，职位低微的官吏。

[10] 隳，古通“惰”，懒惰。

[11] 陶公，即陶侃（259年），字士行，浔阳（今江西九江）人。其父早亡，母亲湛氏孜孜教诲，养育成人。三国孙吴时期历任浔阳县吏，后任江夏、武昌太守，都督八州军事。湛氏是中国古代有名的贤良妇女。

[12] 秉钧轴，意为执掌政权，典出宋周密《齐东野语·景定彗星》。

[13] 弁，古代一种尊贵的冠，为男子穿礼服时所戴；帨，佩巾。

[14] 衣冠，代称缙绅、士大夫；祭酒，古代飨宴时酹酒祭神的长者，后亦泛称年长或位尊者。

[15] 昆，后代；子姓，泛指子孙、后辈。

[16] 安陵之郝夫人，东海之钟夫人，典出南朝宋刘义庆《世说新语·贤媛》：“钟郝为娣姒，雅相亲重，钟不以贵凌郝，郝亦不以贱下钟。东海家内，则郝夫人之法。京陵家内，范钟夫人之礼。”后世用为妇德贤淑之典。

[17] 称觞，举杯祝酒。

[18] 未央，未尽。

卷　　下

杨能玄[1]诗序

中左[2]在邑西南末垂，二郡[3]汇流，海波环绕，非独用武之区，为半壁之障而已。中多列峰奇石，迎青笑紫，举目异常，堪供游玩。予尝至其地，殊爽然也。意者有瑰异特秀之人，产于其间，然时已闻有杨能玄而未及见之。是春始承眉宇于月台僧舍，闻见双惬，则掀髯而笑曰："是殆异人与!"或问陈留士，人则以子尼[4]对曰："君侯问人，不问位也。"[5]能玄已长大，未进显于世，而知之者多矣，岂仅以其能诗哉？

自古诗词之工，而厄不遇时者，类多有之，然未为定案也。夫诗者，声也。凡物之善声而最巨者，莫过于水，而水又莫过于海。其最微而静婉者，则莫过于琴声。而成连学琴[6]，必置之海岛之间，聆其奔沛泙崩之音。以其至巨，练其至微，而诗尤声之合微与巨而有韵者也。昔之善诗者，以得江山助。夫助犹浅言之也，精灵假诞，泓润巨浸，以敏其人，乃更有韵致耳。大抵诗不在钩奇刻削，惟言其口之所欲言，自适一笑耳矣。而能言其口之所欲言者，即人之所不能言也。

海错[7]丛生，毕竟真宝着在何处？吟咏充栋，毕竟真声发在何处？海不虚毓，人不虚生，勿论遇不遇也。能玄既精于此道矣，不佞敬以数语，序于其首。

[1] 杨能玄，明末中左所史志有载的杨姓诗人，有杨期演与杨秉机父子。此

文所称“能玄”，或为杨秉机。杨秉机，字允中，福建同安中左所（今厦门）人，杨期演子。崇祯间邑诸生。明亡，削发为僧，自号鹭岛遁人，浪迹江湖，苍茫吊古，感事怀人，一记于诗。《金门志·艺文志》称其“诗境颇壮浪”。

[2] 中左，即中左所城，亦称厦门城，是明朝卫所制下隶属永宁卫的中左守御千户所之城池，在福建同安县嘉禾屿上（今厦门岛西南部）。详见卷首“著者小传”《明太仓知州同安陈公传》注。

[3] 二郡，指泉州府与漳州府。

[4] 子尼，即蔡克，字子尼，陈留考城人，约晋元康中前后在世。少好学，博涉书记，为成都王颖大将军记室督。颖为丞相，擢为东曹掾。以朝政日弊，遂绝不仕。

[5] “君侯问人，不问位也”，典出《芙蓉镜寓言》：王平子行经陈留郡界，太守遣吏迎王，王问吏曰：“此郡人士为谁?”吏曰：“有蔡子尼、江应元。”王以其姓名问曰：“甲乙等非君郡人耶？何但称此二人?”吏曰：“向谓君侯问人，不谓问官位。”王笑而止。

[6] 成连学琴，成连乃春秋时著名琴师。伯牙学琴于成连，三年未能精通。成连因与伯牙同往东海中蓬莱山，使闻海水激荡、林鸟悲鸣之声，伯牙叹曰：“先生将移我情。”从而得到启发，技艺大进，终于成为天下妙手。见唐吴兢《乐府古题要解·水仙操》。

[7] 海错，指各种海产品。

《白鹤遗集》[1]叙

清宪蔡敬夫[2]慨然吾邑，欲以恢复《大雅》为任。予仰天举手曰：“嗟乎！风气殊矣。”在昔先正之于此道，多谢不敏。即有出于其间，亦皆自吐本怀，无依傍舍取之态，尚未敢以《大雅》抗言为居。至今日，而侈然自命者众矣，才握笔，便慨然登著作之坛。譬如书画之事，我初生时，能者粗有一二人，而今举眼皆是，人人自以为颜柳与黄沈也。岂古之所难，今反易之哉？秦汉之文，不如经典，而唐不如汉，宋不如唐，此正论也。敬夫名满天下，今没已十余年，而谁为继之，亦无怪此道之难也。

先正李东明先生于敬夫为内王父[3]，其握笔意轨，与敬夫门脉稍别，而亦推重其文，则大雅之所贵略可知已。先生少小时，即以隽爽发声，而其文行至晚年弥邵，今日乃始祀诸学宫。其孙太学偕龙，刻其遗稿，以传于世，则亦晚而后流者之符也。世间精神，惟此一大事不可朽灭。金诀必剖，匏藁[4]必浮，岂其岁月许久而石室之封弥坚，阳侯[5]之波遂殁哉？

予与先生之冢郎上林公[6]善，而偕龙又受业于予，辄以聿念尔祖之说告之。故展玩之余，从诸公后，为序其意[7]。盖因文言文，而其宦谱固不赘也。然窃有感焉，邑有文献，俾后之学者得考据有征，则杞宋之叹[8]可无发矣。

[1]《白鹤遗集》，《同安县志·艺文志》著为《白鹤山存稿》，李春芳撰。李春芳（1524—1565），字实夫，号东明，福建同安驿路人。明嘉靖二十九年（1550年）进士，初授户部，迁刑部主事，后出守潮州。年四十二岁卒。是书乃其孙偕龙刻其遗稿，约成书于崇祯八年（1635年）。今未见，疑已佚。

[2] 蔡清宪敬夫，即蔡复一，里居、阅历见“著者小传”之《明太仓知州同安陈公传》注。

[3] 内王父，即妻子的祖父。

[4] 匏，即匏瓜，葫芦的一种；藁，多年生草本植物，茎直立中空。

[5] 阳侯，古代传说中的波涛之神。

[6] 上林公，即李璋（1564—1601），字振载，号象明，李春芳之子。万历年间贡生，官上林苑监录事，出为吴江主簿，卒于官。

[7] 从诸公后，为序其意，《白鹤山存稿》有当时的几位后学为之作序，除陈如松的序外，还有蔡献臣、池显方的序。这二人的序尚存，蔡序载《清白堂稿》卷四中，题作《李东明公白鹤山存稿序》，池序载《晃岩集》卷十一中，题作《白鹤山稿序》。

[8] 杞宋之叹，即“杞宋无征”的感叹。杞宋无征，典出孔子《论语·八佾》：“夏礼吾能言之，杞不足征也；殷礼吾能言之，宋不足征也。文献不足故也。”意思是资料不足，不能证明。

送陆师尊擢掌教罗田[1]序

方今河流日泻，群沫翕合[2]，清浊且莫问矣，曰："吾与俗共溷[3]也。"要枢重地，有能标素擢质，其气可使人亲，其意不随人溺，独脱尘俗之表，即翕然共钦之，以为独芳异品。况于广文之冷毡，途迫日暮，眼随递波，而苟其皭然[4]行意，不汎汎乎若水凫之嗽呷也者，抑又奇矣。

予守太仓时，有本属学谕张三光，常州产也。起自贡途，清介绝俗，屡送之以关说，终不肯受，窃叹谓广文中仅见此人。今日与诸子弟群人士，复景仰先生。始先生之来训吾庠也，望之者即知其粹璧明莹。而皋席既披，则春风和蔼，满座袭人，气备四时而仪惟一也。罗点[5]所云：人心苟正，何地不可处，何事不可为，安在乎苜蓿[6]之道腴，莼羹[7]之淡味，而顾让于庶馐之珍错[8]也哉！先生意若弗屑，唯是祀事必虔，陈荐有序，内涤其洁蠲[9]，外略其烦琐而已。至执贽见者概为茹纳[10]，不以腆菲作举袖之上下也。而正谊直词，若列黑白，皆所谓脱然尘俗之表者耳。文字不脱俗，不可以入古；作人不脱俗，不可以近道；居官不脱俗，不可以立业。俗习之汩人久矣，以视先生何如也。语云："地不能重人，而人能重地。"以学士之清贵，而使张放、李资辈为之不足矜。红颜之女子，岂以地重哉！孙明复[11]居太山，奇伟不羁，而为教授讲习有法；胡瑗[12]教授颍川，居然条教可考，正自以人重地耳。则先生之重吾同安也，今罗田褊小，又有幸矣。

诸士不忍师席之离，欲予一言为贺。予奋髯[13]作色曰："诸君言贺，予正言愤耳。彼其淹屈场屋[14]，今且勿论。朝廷此时视岁途更不后于科甲，尝简其尤[15]者，拔而宠异之，至授以京秩郡邑之任。而当事者不体盛典，以才品如先生，而外无特达专牍之荐；内之主爵者，无奏名特拔之知，仅一小邑掌教，循例而行止。可仰天叹恨者也。”诸士以予言为然。第别情铭注[16]，宣叙难辍，则不以贺而以赠，送护其行色。盖先生捐资修宇，文质兼隆，手置嘉树二株，垂诸来者。则以此当《甘棠》[17]之咏，而永勿谖[18]焉可也。

[1] 陆师尊，当指陆起龙，福建政和人，贡生出身，崇祯年间任同安训导，后调罗田县教谕。罗田，位于湖北东北部，大别山南麓。明朝初属湖广布政使司的蕲州府，后改属黄州府，今隶属于湖北省黄冈市。

[2] 翕合，聚合一起。

[3] 溷，肮脏，混浊。

[4] 皭然，洁白的样子。

[5] 罗点，字春伯，江西崇仁人。宋淳熙二年（1175 年）举进士第二名，初授定江军节度推官。官至端明殿学士，签书枢密院事。卒赠太保周国公，谥“文恭”。

[6] 苜蓿，为豆科植物，可作家常蔬菜。

[7] 莼，即莼菜，莼羹，即莼菜羹。据《世说新语·识鉴》，张季鹰见秋风起，因思家乡的莼羹鲈脍，遂命驾便归。

[8] 庶馐，众多的美味食品；珍错，“山珍海错 ”的省称，泛指珍异食品。

[9] 洁蠲，除去繁杂，使之简洁。

[10] 茹纳，适应，容忍之意。

[11] 孙明复，即孙复（992—1057），字明复，号富春，晋州平阳（今山西临汾）人。北宋儒家学者，经学家，曾客居泰山讲学多年，学者习称其为泰山先生，与胡瑗、石介一起被后人合称为“宋初三先生”。

[12] 胡瑗（993—1059），字翼之，泰州海陵（今如皋）人。世居陕西路安定堡，世称安定先生。北宋学者，理学先驱、思想家和教育家。曾任国子监直讲、太子中舍、天章阁侍讲等。

[13] 奋髯，抖动胡须。激愤或激昂的样子。

[14] 场屋，科举考试的地方，又称科场。

[15] 简，选择；尤，特异的，突出的。

[16] 铭注，牢记不忘。

[17]《甘棠》，《诗经·召南》的一篇，是怀念召伯的诗作。全诗由睹物到思人，由思人到爱物，人、物交融为一。

[18] 谖，忘记之意。

观亭记

李泰扶翁以纨绮[1]之胸，居尘陌中，而栖心静远，舍狮子林以安佛僧。内多名花，已载在池直夫[2]记中矣。乃于西郭外自构斋轩，宽窄如意，华实双匀，作小影悬于斋头。对结一亭，名曰“观亭”。顾影流目，物耶，我耶？命予记之。

东坡有云：“凡物苟有可观，皆有可乐。”[3]然窃谓缘观而得乐者，其乐也外；缘乐而得观者，其乐也内。骤然见山水风月而快心，陡然见艳境膏腴而沉想，可作平等观乎！亭前花草堪传，春色一溪，当面似渡津筏。北望秀峰，南拥天马[4]，此际此境，有令人旷怡不可言传者。佛称观世音，夫世界浮云，观世者，感世也，醒世也。然必内照五蕴俱空，自观乃可观世。则翁既舍宅奉佛，必有真理会者矣。

始予寓都门，翁从尊人入宦，才弱冠耳。倏忽五十余载，荣枯得失之变，与翁过眼已多。然予之观世也，多不平之愤，而翁之自观也，有超然之乐。观世自观，是同是异，因溢毕端，而又有感于蔡清宪[5]之先正也。清宪与翁郎舅懿亲[6]，极喜雅境，使其在日，必有乐观此亭者矣。

[1] 纨绮，精美的丝织品，引申为富贵安乐的家境。

[2] 池直夫，即池显方（1588—?），字直夫，号玉屏子，福建同安中左所（今厦门）人，池浴德之子。明天启二年（1622 年）举人，以母老不仕。善诗，平生喜游山水，结庐于端山，与董其昌、何乔远、黄道周等名士交谊甚深，时在一起唱和。

[3] “凡物苟有可观，皆有可乐”，出自苏轼《超然台记碑刻》。

[4] 秀峰，当指同安之三秀山，位于旧同安县的东北部，今厦门市同安区五显

镇、汀溪镇境内；天马，即厦门之天马山，位于旧同安县的西南部，今厦门市集美区后溪镇境内。

[5] 蔡清宪，即蔡复一，里居、阅历见《明太仓知州同安陈公传》注。

[6] 郎舅，姊妹的丈夫为郎，妻的兄弟为舅，合称为郎舅；懿亲，至亲；清宪与翁郎舅懿亲，即蔡复一与本文主人翁李泰扶是郎舅关系。据考：蔡复一夫人李氏，乃吴江主簿李璋之长女，蔡复一与李璋之子李偕龙即是郎舅关系，故李泰扶应就是李偕龙。

文学王日近暨配陈孺人行状

日近王兄，将以是年月与孺夫人合厝县西之塘尾山。孙驌实襄大事，欲光禄卿蔡虚台先生铭其圹[1]，而令予状焉。凡人之动念曲折，行事隐微，有亲戚所不及知，而朋友独知之者。予与兄朝夕十年，相信最深，而知之最详。

兄讳道照，字恒甫，别号日近，封户部公讳济[2]之孙，而太守晋斋先生[3]之嫡侄也。其父则封参议公讳三锡[4]，而兄为次子。其伯兄则观察瞻明先生[5]也。外戚则与蔡观察肖兼先生为渭阳[6]，而虚台正其中表[7]，于宪副陈宾门[8]先生为郎舅。所习见，无非富贵也者，而不自以富贵见也。始祖佐[9]，由嘉山徙南亭。昔人云，世家多在城南，则王已为望族矣。

兄独懿美冲粹，德恬义市，绝不敢以气岸上于眉端及预外人一事也，恂恂一淡素耳。适见有贵人子横施于人，吐舌走曰："那得作此怪事。"偶为少年所侮，额破沾血，不出一词。此二事予所亲见，亦可以一毛而知九苞[10]矣。年十九试科儒第二，嗣后试皆高等，如旭日光焰灼人，皆挟其可据之资，而心愈下。直以家政付之陈孺人，乃州守陈荣祖[11]之女，又宦媛也。简约俭素，笃于妇行，则淡然双璧矣。孝修供馈，才综盐米，故兄得一意笔研，深于此道，与予披谈文艺，无不符券，若林朴所、许钟斗[12]，皆于尘泥中别识之。尝语予曰："兄制义不如吾师苏紫溪[13]，雅炼纯逸而雄才古调则过之。"予佩服此言，愿学而未能焉。予每与兄居，言而自觉其词之支也，动而自惭其行之躁也。尝同在舍中，一县役突入倨睨[14]，予意中殊不能平，持棍欲击之，兄莞笑而挽之而止，复和语代为之解。予至今犹踧踧[15]也。

丁酉[16]俱败北南归，兄独鞅鞅。盖紫溪先生素期吾兄不在瞻明下，而屡蹶试场，是以有无聊之叹。又冬月值母丧，伯兄外宦，独执哀毁，而鸡骨病侵矣。以万历戊戌年七月十三日终，距生嘉靖壬子年九月十二，才四十有七耳。嗟乎！世变日下，人情日张，使吾兄而在今日见某某所为之事，不知舌当吐几长，如何而走之疾耶。孺人生嘉靖甲寅年九月十三日，而甲午六月二十二日，先兄没者四年。生一男，太学生冕，即受业于予者也，娶潘侍御弟维宁之女；生男騄，娶知县黄锵[17]女；生曾孙贵，而或夭或殇。潘氏之所出无传矣，独一女适池葵也。冕继娶武科卓维潘[18]之女，生孙男骕，娶理问洪观光[19]女；生曾孙男洪业，聘孝廉郭濬声女。而曾孙女三人，其长女许孝廉陈琬男元昉，三者许李郎中曾孙则掖之男储，而次者未许也。

兄抱道敦仁，振急睦族，厚于朋友，多为人擘画利害，顾不能容人之过。人敬爱之，而几中微。今且光光起矣，天讵不可问哉！曾孙君见予辄呼师祖，恋恋三世之谊，仁厚子孙，固自尔也。古人于知己之交，多为诔[20]志传状，而眉山长公颇靳之，盖其慎也。予不敢任此意，而独状吾兄，真可以不愧予之笔，而且风世[21]矣。

[1] 蔡虚台，即蔡献臣（1563—1641），字体国，号虚台，别号直心居士，福建同安平林（今属金门县）人。明万历十七年（1589 年）进士，授刑部主事。调兵部职方主事、礼部主客郎中，迁湖广按察使。罢归，寻起浙江提学，后官至南光禄寺少卿。著有《四书合单讲义》《清白堂稿》等。铭其圹，指蔡献臣所撰《王日近暨配陈孺人墓志铭》，收入《清白堂稿》卷十五。

[2] 封户部公讳济，即王济，福建同安南亭人，王三接、王三锡之父，王道照之祖父，岁贡。因子贵，封南京户部主事。

[3] 晋斋先生，即王三接，字允康，号晋斋，福建同安南亭人。明嘉靖二十九年（1550 年）进士，授南户部主事，分管凤阳。后调方协司郎中，分守韶州，卒于任上。

[4] 封参议公讳三锡，即王三锡，福建同安南亭人，王道显、王道照之父。因子贵，封云南布政使司右参议。

[5] 观察瞻明先生，即王道显，字当世，号瞻明，福建同安南亭人。王三锡之长子，王道照之兄。明万历十一年（1583年）进士，历任台州司理、青州佥事、浙江兵备道，官至湖广按察使。

[6] 蔡观察肖兼，即蔡贵易，字尔通，又字道生，号肖兼，福建同安新店人。嘉靖四十三年（1564年）举人，隆庆二年（1568）进士，授崇德知县，历南京户部主事、员外郎、礼部郎中、宁波知府、贵州按察副使。官至浙江按察使。渭阳，舅父的代称。典出唐李匡义《资暇集·渭阳》："征舅氏事，必用渭阳。前辈名公，往往亦然。"

[7] 中表，古代称父系血统的亲戚为"内"，称父系血统之外的亲戚为"外"。外为表，内为中，合而称之"中表"。

[8] 陈宾门，即陈基虞（1565—1643），字志华，号宾门，福建同安阳翟（今属厦门同安区）人。明万历十七年（1589年）进士，初授萧山知县，后为南雄府推官，署新会知县，历任廉州府、顺德府知府。官至广东按察副使。

[9] 始祖佐，即王佐，字子才，福建同安大嶝（今属厦门翔安区）人，迁居在坊里南亭。嘉靖元年（1522年）举人，初知睢州，擢高州同知、南户部员外郎，出为两淮运司。

[10] 九苞，凤的九种特征。后为凤的代称。

[11] 陈荣祖，字克绍，福建同安阳翟（今属金门）人。嘉靖四十三年（1564年）举人，授永安知县，升德州知州。卒于官。

[12] 林朴所，即林一柱，字廷郢，号朴所，福建同安东市人。明万历三十四年（1606年）举人，三十八年（1610年）进士。初理扬州，迁湖广道御史。转广东参政，不赴任，拂袖归故里。许钟斗，即许獬（1585—1621），原名行周，因梦揭魁榜，改名为獬，字子逊，号钟斗，福建同安后浦（今属金门）人。明万历二十九年（1601年）会试居榜首，殿试二甲第一名，授翰林院庶吉士，旋改翰林院编修。因病告假还乡，未几而卒，年仅三十有七。

[13] 苏紫溪，即苏濬（1542—1599），字君禹，号紫溪，福建晋江苏厝人。明万历元年（1573年）解元，五年举会魁，历官南京刑部主事、陕西参

议、广西按察使、广西参政等。归田后潜心钻研理学，著有《易经儿说》、《四书儿说》、《韦编微言》等，为明代后期著名的理学家。

[14] 倨睨，傲慢地斜着眼睛看。

[15] 踧踧，恭敬的样子。

[16] 丁酉，即万历二十五年（1597 年）。

[17] 黄锵，福建同安牌前人。万历三十七年（1609 年）举人，选平陆知县。

[18] 卓维潘，福建同安人。嘉靖三十四年（1555 年）武举人。

[19] 洪观光，福建同安人。万历年间贡生，授属藩理问，续委泸州永宁司督饷，晋承德郎、广西都指挥经历，兼摄武缘县事。

[20] 诔，古代叙述死者生平，表示哀悼。

[21] 风世，劝勉世人。

敕赠文林郎广东惠州府河源县知县考君逸吾[1]志铭

世之子孙，多以好语溢颂其祖父，又借重于达官贵人之笔，而如松自志吾考君，简约质俚，盖实录也。使毫有溢美，龙宾楮卿[2]等神，当抽如松之舌矣。

考君讳席珍，字世聘，别号逸吾，邑之浯洲[3]人。曾祖同猷公徙居西浦乡[4]，生尚立公，再生宗泽公，遂生考君，及叔世征。考君少倜傥不羁，与诸少年走马行游，财随手散去 。及年三十，始举不肖松，方七岁耳，即谢去交游，曰："予将杜门课子矣。"自延师以教，足不出户外。而诸人士有过从者，倒屣迎之，留连恳款[5]，不自知其力之不任也。始壮岁时，即弃笔研，最后博雅能文，尤工联律。平生无昧心之事，无违心之言，未尝得一文不义之钱也。嫉恶过严，见不善人不肯措一词色。族里有非类者，匿不敢见人，比之彦方云[6]。生嘉靖甲午年正月十五日，卒万历癸巳五月十一日[7]。预知将死时日，数月前即以告不肖。及期前三日，令诸子舁[8]之祠堂，曰："吾平生未尝负心，可以见先人地下矣。"凡所言某家当兴，某家当败，某人福，某人祸，无不预中。盖正直而明神者也。

始娶前母洪氏，以恩例得赠太孺人，然无所出。再娶母苏氏，封孺人，生四子，长即如松，仅得乡科，历官州县，幸无官谤，皆得民心。此吾考君之教也，特不及见之耳。次如楚。又次如柷，为国子生，颇能进取，品格、功名尚未定也。又次如桤。孙六人，孟铉，楚出；之澥、之濂，柷出；之演、之潞，桤出。而如松时未有举焉。曾孙二人，子鑨、子錡，皆铉出也。女三人，适郑选、谢师庆及生员苏林。孙女已适者五人，许聘者者四人，未许者二人。考君没三十二年，而如松家贫外游，至守太仓，乃致仕，卜地于邑西郭外桐屿之山[9]，坐巳向亥而后葬焉。罪通于天矣。铭曰：

以子铭父兮，自松始；一介不取兮，世有几。不敢乞言于贵人而后重兮，西州门[10]外永难既。

[1] 敕赠，帝王下诏对相当级别官员已去世的父母或祖父母的虚衔封号。逸吾，即陈如松之父陈席珍。因子贵，赠文林郎、广东惠州府河源县知县。

[2] 龙宾，守墨之神，典出《云仙杂记·陶家瓶余事》。楮，落叶乔木，树皮是制造桑皮纸和宣纸的原料。后以楮作纸的代称。楮卿，纸之神。

[3] 浯洲，即浯洲屿，今福建金门岛的古名。明洪武中置金门千户所于屿上，为海防重地。清代渐以金门作为岛名，浯洲屿之称遂湮。

[4] 西浦乡，位于今福建厦门同安区西柯镇西部，现为西柯镇的一个行政村。

[5] 恳款，诚挚恳切。

[6] 彦方，即王烈，字彦方，平原人。以品德高尚称著乡里，常为乡人排难解纷。乡里有盗牛者，被主人抓获，盗犯认罪说："判刑杀头都心甘，只求不让彦方知道。"

[7] 嘉靖甲午年，即嘉靖十三年（1534 年）；万历癸巳，即万历二十一年（1593 年）。

[8] 舁，舁的俗字。抬、扛。

[9] 桐屿之山，即桐屿山，位于同安城区西北部，今厦门市同安区大同街道田洋村境内。

[10] 西州门，晋西州之城门，为晋名士羊昙感旧兴悲，哭舅谢安处。后以为典，表示感旧兴悲、悼亡故人之情。

明敕封[1]孺人陈母苏氏志铭

不肖松既以天启乙丑岁[2]，葬吾父于西郭外之桐屿山，改葬前母洪氏于安岭之玉仓山[3]矣。越二年丁卯，而吾母苏孺人以十月二十四日午时，卒于正寝。不肖用大夫三月之礼[4]，卜葬于莲花峰[5]之牛山湖，则崇祯元年也，亦自为志之。

孺人蓝田著姓，生于嘉靖甲辰年七月十七日。父子某，母李氏，进士李质所[6]之嫡姑也。配与考君，延师待士，实有助焉。四男三女，长即如松，次如楚；三如柷，为国子生；四如梡，先孺人卒。孙九人，之铉、之澥、之演、之潞、之濂、之开、之先、之万、之濩；曾孙三人，子鑨、子錡、子錝。方之万未生时，不肖年六十二矣。孺人素善病伏床，故守太仓而投簪[7]归养，孺人则语不肖曰："汝孝弟过人，当有后。吾待汝抱儿，吾弄孙，而后逝也。"葬考君之次年而之万生，如柷亦连举开、先、濩三子。今其言果不爽矣。

哀哉痛哉！孺人十九而归考君，五十而考君见背，七十而松举于乡，八十而膺封典，八十四而终，故为志其年谱如此。若其徽美懿行，则妯娌妇媳之间能笑受其悍忤，而仁心慈意，即族里皆周知也。先大父晚得考君，故急于抱孙，而考君乃置庶室。时孺人年才二十耳。诸舅氏忿怒击詈，孺人笑曰："此吾事也，吾固安之，兄弟何为?"舅氏亦笑而去。子孙或有与人争言者，孺人辄不食，曰："吾不欲儿曹多事也。"此二者足以志矣。

夫合葬，古也，而松分葬其父母；乞铭，古也，而松皆自为之铭。然于情义，亦未甚悖也。铭曰：

以莲山名吾堂兮，以莲山葬吾母。莲则清美，山则长厚。奕世而下，坐乾向巽，知其为如松之母也。

[1] 敕封，帝王下诏对六品以下级别官员在世的父母或祖父母的虚衔封号。

[2] 天启乙丑岁，即天启五年（1625 年）。

[3] 安岭，即古代同安长兴里安岭保，今为厦门市同安区五显镇；玉仑山，当在今五显镇境内。

[4] 大夫三月之礼，古代礼制，出自《礼记·王制》："天子七日而殡，七月而葬。诸侯五日而殡，五月而葬。大夫、士、庶人三日而殡，三月而葬。"

[5] 莲花峰，当指莲花山，在厦门同安区城区西北部，莲花镇境内。

[6] 李质所，即李文简，字志可，号质所，福建同安山边人。明嘉靖三十七年（1558 年）举人，隆庆二年（1568 年）进士，授无为州知州。后升肇庆府同知，再升南户部山西司郎中，卒于任上。

[7] 投簪，丢下头饰。比喻弃官。

告奠虚台[1]先生词

先生于不肖松年庚相亚[2]，然先生通显二十五年，而不肖始叨贤书[3]，则前后辈也[4]。晚令萧山，先生实监司之，则颖属也[5]。宠誉训诲，复加羽翼焉。同居林下十八年矣，鄙戆径恣，常在娄公包容[6]之下，数日不相见，即为齿及。而一见语多移时，皆文章经制，及评品之事，则知己师友也。今日埋玉树[7]于尘中，辍人琴[8]于望外，宁不怆心哉？昔人于知己之没，为断酒酱，况于先生乎！谁知予者，亦谁肯容予者？

先生温懿粹美，仁厚渊允，口无遽疾之声，胸靡昧心之隐，惟著书立言，诱奖后进。邑中无少长贵贱，皆信爱之，乃不肖之知先生更真。或以其春风和拂，用意温柔，然有观人之一事，即可以知其之全体者。先生在仪制[9]时，侃侃执绳[10]无论矣。庚子[11]，杨文恪[12]主京闱。放榜后，同乡拜集，咸称佳录。先生对面摇首，曰："未见其然。"以是知其真而不阿也。督学浙中，科期已迫，四郡未历，众皆虑其难了。先生雍容悦豫，以余力为诸生批评窗稿，以是知其暇而能整也。间语不肖云："交际苦无公费。"对以"萧山缺，官廪积有三百余金。此应得之数，可以支用"。笑曰："何得为应得耶?"竟不取去。以是知其廉而能决也。惜有忌之者，不获展其大用。然"清白"名堂[13]，自是本色。以纨袴通显，而祖父之产无毫溢焉。

今兹之仙然举也，非有夙疾，坦然坐化，无挂碍，亦无缠缚，问以家事不答。盖诸郎孙方蔚起未艾，靡所容答耳。所谓乡先生没有令人笑，有令人户歔而巷哭之。如先生者，真可哭也。方此之时，尤可哭也。所谓没而祭于社者，其在斯与！是真可祭者也。吾乡蔡清宪[14]殁十余年，到今思之。清宪年少，在先生后，皆浯产也，人则曰“大小蔡”。而先生后逝，主持世论，又称曰“前后蔡”。今可俱称先正，常在人口矣。先生入化城[15]，曾与清宪相会乎？得无意于人情世人之态，冥冥中作一转移，此又不肖狂语也。先生常许不肖以才学，而清宪亦许以曾点、季路[16]合为一人，不污辱浯江[17]之气。言念及此，宁不感泣。

噫嗟！憖老之不一遗[18]兮，波浪日下。将砥柱以何期兮，叹梁木之已颓。与麟凤而俱悲兮，惟不寐者之在长夜。而耿耿兮予思，聊仰天以呼号。如声容之仿佛兮，或庶几其鉴诸。

[1] 虚台先生，即蔡献臣，号虚台，里居、阅历见本卷《文学王日近暨配陈孺人行状》注。

[2] 年庚相亚，蔡献臣生于明嘉靖四十二年（1563年），陈如松生于嘉靖四十三年（1564年），差一岁，故称“年庚相亚”。

[3] 叨，承受，用于受人恩惠表示感谢的谦词；贤书，指举荐贤能的文书。《周礼·地官·乡大夫》：“乡老及乡大夫、群吏献贤能之书于王。”后世因称乡试考中为“登贤书”。

[4]“然先生通显二十五年……前后辈也”句，陈如松于万历四十年（1612年）中举，而蔡献臣则早在万历十六年（1588年）已成举人，相差二十五年，故有“前后辈”之自谦。

[5] 颖，细长东西的尖头；颖属，附属于后面。“晚令萧山……则颖属也”句，陈如松于万历四十四年（1616年）选浙江萧山知县，时蔡献臣任浙江按察司巡海道右参议，次年又升浙江按察司提学副使，均对萧山知县有监司之权，故称。

[6] 娄公包容，出自宋王谠《唐语林》：唐武则天时期，娄师德与狄仁杰同为相，常受狄仁杰排斥。武则天问狄仁杰说：“朕重用你，你知何因？”且告诉他，是娄师德屡次上表竭力推荐你。狄仁杰听了羞愧地说：“我没想到竟一直被娄大人包容！然而娄公从来没有自夸的神色。”娄师德（630—699），字宗仁，郑州原武（今河南原阳）人，唐朝宰相。狄仁杰（630—700），字怀英，并州太原（今山西太原）人，唐朝宰相、政治家。

[7] 埋玉树，埋葬有才华的人。

[8] 辍人琴，即“人琴俱亡”之意，出自《世说新语笺疏》下卷上《伤逝》之典，意为睹物思人，痛悼亡友之典。

[9] 仪制，即仪制司，属礼部。蔡献臣于万历三十年（1602 年）九月，转任礼部仪制司郎中。仪制司郎中为仪制司的主管，正五品文官。

[10] 侃侃执绳，理直气壮地执行法令。

[11] 庚子，即万历二十八年（1600 年）。

[12] 杨文恪，即杨道宾（1541—1609），字惟彦，号荆岩，谥文恪，福建晋江人。明万历十四年丙戌（1586 年）登进士第，名列榜眼。初授翰林编修，历国子祭酒、少詹事、礼部右侍郎、左侍郎，累官礼部尚书。万历二十五年和二十八年（1600 年，即庚子年）两度主持顺天乡试。万历三十五年（1607 年，即丁未年），奉旨主持会试。该科知贡举李廷机，主教官杨道宾、杨汝良，同考官黄国鼎皆晋江人。

[13] “清白”名堂，蔡献臣父亲蔡贵易为官崇正清廉，御史苏浚书其堂曰“清白”。蔡献臣秉承家风，以“清白”为本色，题其著述名曰“清白堂稿”。

[14] 蔡清宪，即蔡复一，里居、阅历见《明太仓知州同安陈公传》注。

[15] 化城，佛教用语。一时幻化的城邑，比喻小乘所能达到的境界。

[16] 曾点，字子皙，亦称曾皙；季路，即仲由，字子路，又字季路。两人均为孔子首批授徒时收的弟子。

[17] 浯江，福建金门之别称。

[18] 慭，愿；遗，留。慭老之不一遗，即“不慭遗一老”，典出《诗·小雅·十月之交》：“不慭遗一老，俾守我王。”后作为哀悼老臣之辞。

书张虚舟[1]先生草卷后

有以虚舟草卷相示者，欲予为之题序。予未识其面，已闻知其人。盖舍弟子员之业，辟谷[2]食松须，欲为上仙者也，殆方外隐沦之士与。观其草书，偃蹇放浪，不拘墨法，亦足知其意之所存矣，然未易言也。张子房[3]辟谷，是飘然而引去，托言云耳，而仙籍未尝及之。且仙家多有酣饮，则未尝辟酒也，而辟谷云乎？汉刺史刘纲[4]欲学仙，而夫人在旁不知也。及夫子上升，乃始悔恨。陶隐居[5]勤意丹炼，而空中鼓乐，乃迎灶下烧火之人[6]，岂人力所能强致哉？隐居亦叹其浮名为障，故不得仙。而虚舟意既在此，乃往来乡绅之间，多延声誉，恐此中又当作别论也。虽然，人生业障，只为口腹之累；百计垂涎，只因膏粱之腴。且欲以美食遗及孙子，遂使名谊、廉耻荡扫为仇。使人皆虚舟，淡心素口，草木之叶，亦可茹也。舌颊既清，手指不染，尽可称人间之仙矣，奚必飞升？因书卷后，不觉爽然。

[1] 张虚舟，即张维藩，字虚舟，福建平和琯溪人。明代漳州府庠生，善书画。性倜傥，豪放不羁，作诗不拘声律，作字喜用秃笔，仿钟、王、颜、赵而自成一体。

[2] 辟谷，源自道家养生中的“不食五谷”，是古人常用的一种养生方式。

[3] 张子房，即张良，字子房，河南颍川城父（今河南宝丰）人。秦末汉刘邦的谋士，开国功臣。刘邦在帝业成功以后大杀功臣，张良托名“辟谷”，隐居于留坝县北紫柏山。

[4] 刘纲，字伯鸾，三国时下邳（今江苏邳县）人。尝仕吴国上虞县令。有道术，亦潜修密证，人莫能知。传说与妻子樊夫人寓居四明山，闲暇时常与妻子较量道行高低。后双双化仙而去。

［5］陶隐居，即陶弘景（456—536），字通明，南朝梁时丹阳秣陵（今江苏南京）人，著名的道教学者、医药家、炼丹家。愤于朝政腐败，弃官隐居江苏茅山，建立华阳馆，自号“华阳隐居”，开创道教的茅山宗。梁武帝常与其书信来往，商讨朝中大事，人称“山中宰相”。因炼丹需避开俗人，后隐姓埋名，辗转于浙江的兰中山、青嶂山、屿山等地炼丹。

［6］迎灶下烧火之人，当指民间送灶神、迎灶神习俗。每年腊月廿三日夜送灶神上天汇报，除夕日迎灶神返回人间。

书苏东坡《与滕达道书》[1]后

东坡《与滕达道书》，谓废弃无所用心，专治经史，不会取快活。然试问东坡居士之所谓快活者，义将何所指耶？予优容林下已十年矣，不饮酒，不观妓，不种银孙，粗衣淡饭，自谓安之。时复搜阅书卷，字不甚佳，而为人作字，辄自为快。

昔有二和尚，其一笑而不嗔，其一嗔而不笑，俱以嗔笑作佛事。今予亦以书卷、笔札作快活事，其治与不治，无适而不可也。

世之所甚乐者，或见以为劳，境亦无二，人自殊观。其所习之以为劳者，当其劳时，不能强之使不劳，犹其所亲之以为乐；当其乐时，不能强之使不乐也。取快之道，存乎所见而已。故曰仁者见之谓之仁，智者见之谓之智，百姓日用而不知。

[1]《与滕达道书》，是苏轼给滕元发的书信。宋元丰六年（1083年），苏轼贬官黄州。时滕元发自安州赴阙，苏轼作《与滕达道书》，劝滕以言为戒，勿再批评新法。滕达道，即滕元发（1020—1090），初名甫，字元发，后避高鲁王讳改字名，字达道，浙江东阳人。宋皇祐五年（1053年）进士，授大理评事，湖州通判。曾三次担任开封府尹。镇守边关，威行西北，号称名帅。官至龙图阁学士，卒赠左银青光禄大夫，谥曰章敏。

书文衡山[1]卷后

予有衡山画卷一轴，兼有翰墨题于其后，向在姑苏时所得者也。弃官携与南归。一日，有贾客谈及画卷，谓东倭极喜此物，能辨真伪，往（往）来吕宋、暹罗诸国，挟资市之，有以是往者辄得价。予初不信，谓夷人之好书画，乃甚中华，将无冥子观戏场乎？中华之人，有徒恋阿堵，而弃掷此物者！雅俗之判，又半杂夷夏矣。遂欲信其事以验之。而凡心未除，役于贾态，令仆人携之以往暹罗，兼挟微资。而旁有一鬼已揶揄之矣。是年，其国适有兵争之事，倭不入境。一船之人，实往虚归。次至南粤触石坏舟，凡所挟之物，半为波臣啮去，独此卷无恙，完璧以归。

吁嗟哉！予沉思叹悼，以人理推之，所醒发[2]者三焉。予居官颇廉，不以财物介意。乃归而效海贾之业，故天帝敕海藏诸臣作此醒发，累及同舟之人，是吾过也夫，是吾过也夫，吾知所以自安矣。其感发者一。道不行，乘桴浮于海，岂得已哉？画卷其小者也，渡海欲售而不得售，岂衡山有灵，不乐与断发椎髻[3]之人心手相亲耶！则知浮海之叹，殆非虚语，且数苟不遇，虽之夷狄[4]，亦不遇矣。其感发者二。此卷托于姑苏，转而入闽，又转而入夷，复自夷而还闽，迄无定踪。夫人之行止，茫乎飘荡，亦若是则已矣。且其历风波，更荡漾，几为水中之萡，而归与主人握手相欣，所谓凡物皆有劫数，直以帆海作渡劫而止耳。而必执之以为定则，亦大惑矣。其感发者三。因援笔纪其事，暗与衡山慰劳，缄而谨藏焉。俟添丁长当以付之，然又未知此后其行藏去留，成毁进退作何局也。

[1] 文衡山，即文征明（1470—1559）原名壁（也作璧），字征明。后以字行，更字征仲，长洲（今江苏苏州）人。因先世衡山人，故号衡山居士，世称“文衡山”。曾官翰林待诏。擅长诗文书画，师法沈周，与沈周、唐寅、仇英并称“明四家”。

[2] 醒发，觉醒、启发。与下文“感发”意同。

[3] 断发，即剪短头发，古代南方海边、大河近水居民的风尚；椎髻，意为将头发结成椎形的髻，是古老的发式之一。断发椎髻之人，指保留传统、尚未开化的人。

[4] 夷狄，古称东方部族为夷，北方部族为狄。常用以泛称华夏以外的异族人。

巢燕

有燕来巢，既生子飞去矣。时复有恋旧之怀，往来栖宿于其旧处，如人眷恋井里，虽驱之，旋复泥住。予时拊掌以震动，此燕而不慑詟[1]，呴呴然[2]自若也。岂其以此为家耶？然燕秋去春来，其所去者不知果在何乡？或曰在海上，则未知海上之为故里，而此地之为侨居？抑此地之为故里，而海上之为侨居也？宇文奴[3]之答东坡曰："此心安处便吾乡。"岂以海南之风土为作恶哉？

凡物必安之而后寓，夫燕亦庶几焉。故庄周名之曰"鷾鸸"[4]，盖能以意而能意人者也。凡鸟雀皆思远人，而燕独思近人，故卒不为人所猜，习而安之故也。武阳君[5]禁儿童婢仆不得取鸟雀，而鸟雀信之，有四五百俯巢庭树。然吾观世人之相近者多矣，笑语日相狎也，耳目日相昵也。一有忮心，张罗举弋[6]，则近而或凶害焉。夫燕幸而羽毛不等于文翠，腊肉不列于盘豆，无所可利者，故近人而人安之。乃知麝以香殒，翡以翠弋，虽在深林穷壤之处，犹欲得而甘心焉。远害之术，在轻赍而薄资，不在于远近之地也。海上之鸥，知人起念，而明日不来矣。此其意人，岂以语言形迹哉？

是燕也，以无所用而免于害，如山中不才之雁。以意近人，而知其不吾伤，如海上未猜之鸥。予虽拊掌，而犹喜其不予忮也，无所起念焉故也。援笔记之。

[1] 慑詟，威胁、恐吓。

[2] 呴呴然，怡然自乐的样子。

[3] 宇文奴，即宇文柔奴，北宋画家王巩的歌女。宋元丰二年（1079年），王巩因苏东坡"乌台诗案"被牵连，贬宾州（今广西宾阳县）。宇文柔奴只身相随，陪居宾州五年，后随王巩回京师。苏东坡与王巩叙旧时，特地

问起柔奴："广南风土，应是不好?"宇文柔奴平静回答："此心安处，便是吾乡。"苏东坡深受感动，当即为之填下《定风波》一词。

[4] 鷾鸸，燕子的别名。成玄英疏《庄子·山木》称："鷾鸸，燕也。"

[5] 武阳君，苏轼的母亲。苏轼在《东坡杂记》的《程氏爱鸟》一文中写道："武阳君恶杀生，儿童婢仆，皆不得捕取鸟雀。数年间，皆巢于底枝，其鷇可俯而窥也。"

[6] 罗，捕鸟的网；弋，系有绳子的箭，用来射鸟。

读帝王纪

黄帝者，炎帝母弟，少典氏[1]之子孙也。炎帝传八世至榆罔[2]，侵凌诸侯。黄帝与榆罔战阪泉[3]之野，三战然后胜之。已开放伐[4]之门，而代其主矣，则放伐非自汤武始也。尧，黄帝之后；舜，亦其八代孙也。帝喾[5]之子挚[6]，荒淫无度，诸侯废之，尊尧为天子。而挚亦服其义，率群臣致禅。虽禅，而实废也。则是以诸侯操废君之权，又非自商、周始也。尧受人之禅，以授于舜。盖鉴子挚无以服人，恐其子丹朱[7]之类于挚，万一为诸侯所废，不如早为之禅，犹有令名耳。

舜之娶二女也何居，岂其时婚礼未备乎？汤放桀三年而后死于亭山，犹未敢明诛之也，且自为惭德[8]。而武则无所顾虑矣，甚至谓其三射纣头[9]，躬斩而悬之太白。虽未必可信，而使人愤恨，至架词以诋之。是亦君臣之义，尚在人心也。

文王伐崇[10]，以其德乱，然尚纣之臣耳。即云赐之专征，然岂文王所宜擅哉！又曰归者三十国，三分天下奄有其二。夫归者谓之系心，则可矣。若奄有其二，是取其贡税，并以国归之也。圣明之戴，岂其然耶？读史者宜有理会。

[1] 少典氏，也称有蟜氏，中国原始社会时期姒姓部落之一，是上古时代神话传说中炎帝神农氏和黄帝轩辕氏的母族。

[2] 榆罔，姓姜，名榆罔，中国氏族联盟时代神农氏政权的第八任帝，即神话传说中最后一位炎帝。

[3] 阪泉，古地名。相传黄帝与炎帝战于阪泉之野。其地所在有四说：（1）在山西省阳曲县东北，相传旧名汉山。（2）在今河北省涿鹿县东南。（3）在今山西省运城县南。而如今在延庆县张山营镇有两个村庄，分别叫上

阪泉和下阪泉。(4) 在今河南省扶沟县。

[4] 放伐，以武力讨伐并放逐暴虐的君主。

[5] 帝喾，姬姓，高辛氏，名俊，出生于高辛（今河南商丘市高辛镇），黄帝的曾孙，中华上古时期部落联盟首领，五帝之一。

[6] 挚，帝喾之子，次妃常仪所生。继承喾的帝位，九年后禅让给帝尧。

[7] 丹朱，中国上古部落联盟首领尧的长子。相传因丹朱不肖，尧把部落联盟首领之位禅让给了舜。

[8] “汤放桀……自为惭德”句，商汤在夏朝做诸侯时，将唐尧虞舜做人君的大道理告诉桀王，桀王不听，反愈加暴虐。汤王不得已誓师攻打，把桀王流放到南巢。汤王流放桀王，自感有伤德性，心有惭愧。

[9] 三射纣头，周武王伐纣，纣王兵败自尽。武王进入王宫，亲自向纣王尸体射了三箭，然后下车斩下纣王的头，挂在白色的大旗上。

[10] 文王伐崇，周文王治岐时，对敌对部落发动的一系列征服战争之一。崇侯虎曾在商纣王面前陷害周文王，是周的敌方，同时也是商朝西方唯一可以与周抗衡的势力。周文王团结兄弟盟邦，倾全部兵力攻陷崇城。灭崇后，关中地区遂全部成为周的势力范围。

解　悼

今岁延辉实先生，以训豚儿。遇事启发，绰有矩程。顾时时短气作恶，盖思念其亡子耳。先生之言曰："亡子八岁入塾，九岁作文字，十一岁能工诗文杂作，十三岁而亡。吾辈钟情常在寝食梦寐间也。"昔王戎[1]过恸其子，亦才十余岁耳。公山[2]欲节其哀，与之往复，更助一恸。顾予于辉实之恸也，不以助而以解。

古之圣童哲竖，皆其前身之聪明瑰异，寄生度劫，旋来旋去，若杨乌[3]之九岁，王绥[4]之十三岁，阿平与庾郎皆十九、二十岁而止。今先生之亡子，视阿平则不足，视杨乌已羡其年，皆聪明瑰异之器也。往事已然，独陈氏子哉！凡天地间不可常见之事，皆为奇物，即是尤物。儿童聪颖，文字过人，皆其不可常见者也，安知奇之非尤乎？造化常以此玩弄人世，而人无为所弄也。遂为解曰：

昔有人于山中拾金数斤，喜不自胜，入门化为瓦砾，此人立槁而死。贫窭之躯，留之尚在，天下事未可定也，愚乎？不愚乎？中子虽逝，尚有子可教也。舍其生者而徒耽恋于已死之贤者，以伤二子之心，有益乎？无益乎？藉令亡子年二十余，而中大魁，上玉堂，进显于世，遽尔夭折，与十三岁殇儿有异乎？无异乎？不尤更刺人肠乎？又藉令亡子才高数奇，屡厄于遇，至五六十岁方得富贵，其未富贵之先，坎轲愁郁，先生之心，得快然畅适乎？其已富贵之后，先生且百年矣，及见之乎？不及见之乎？言念至此，当令人眼空意阔，俱可一笔而勾尽也。先生以为何如？先生安贫味道，胸中无一点尘气，而介介为数所苦耶。司马牛之忧兄弟[5]，河西氏[6]慰而解之，以死生有命，遂为千古定案。乃其哭子丧明，知解人不能自解，而门徒朋侣，亦未有为之解者，是必意其为寻常之事也。请以是为辉实先生解。

[1] 王戎（234—305），字濬冲，琅琊临沂（今山东临沂）人。三国至西晋时期名士，“竹林七贤”之一。王戎丧子，山简去探望，说：“怀抱中的婴儿罢了，何至于此?”王戎说：“圣人不动情，下等人谈不上感情，感情最专注的，正是我辈。”山简敬佩其说，更加为他悲痛。

[2] 公山，即山简（253—312），字季伦，河内怀县（今河南武陟西）人。西晋时期名士，历任太子舍人、黄门郎、青州刺史、镇西将军、尚书左仆射等职。

[3] 杨乌，即扬雄之子，九岁而夭。

[4] 王绥，字万子，又称王万，琅琊临沂人，王戎的儿子。少年时就有美名，但不幸早夭。

[5] 司马牛之忧兄弟，典出《论语·颜渊》：“司马牛忧曰：‘人皆有兄弟，我独亡。’”子夏劝曰：“四海之内，皆兄弟也。君子何患乎无兄弟也。”

[6] 河西氏，即孔子门徒子夏。在孔门中，子夏称为文学。先师去世后，子夏居河西（今陕西韩城），为魏文侯师，广收门徒。

扪　虱[1]

王景略扪虱而谈[2]世务，笑道人[3]扪虱而寂然无言。是异？是同？虱与笑道人俱不知也。

佛经称得食以施鸟雀，甚至割肉以饲虎豹。肉犹可剜，而况铢镂[4]之血。甚哉！道人之悭不能舍也。然自古有施予，即有诛僇[5]。殛四凶[6]，驱虎豹，放蛇龙，去蟊蝗，皆以不戒杀，作无量功德，安在舍之是而杀之非乎？

道人，诵法圣贤者也，请以是自为解释，而更笑吾虱之愚虱乎？胡不生于丰美侈丽之躯，肤泽而味甘，肉肥而血满，岂不成尔恣取之事，且其日肆经营，搜寻亦少。而道人日啖[7]粗粝，体皱皮粗，吸之不入，吮之无腻，又得以其优闲无事之余力，搜厥种类，虱亦何乐与道人争此微躯哉？速徙其宅，无干吾事。

[1] 扪虱，指捉虱子。

[2] 王景略，即王猛（325—375），字景略，东晋北海郡剧县（今山东潍坊寿光东南）人，后移家魏郡。十六国时期著名的政治家、军事家。出身贫寒，隐居山中，博览兵书，善于谋略和用兵。在前秦官至丞相、大将军。扪虱而谈，典出《晋书·王猛传》："桓温入关，猛被褐而诣之，一面谈当世之事，扪虱而言，旁若无人。"此处用以形容王猛放达率性、无所畏忌的样子。亦比喻贤士举止不拘小节。

[3] 笑道人，陈如松自号"笑道人"。卷上《题卢怒生制义小引》有"予以笑道人自命"句。

[4] 铢，古代很小的重量单位。喻极微小的数量。镂，通"漏"。

[5] 诛僇，即诛戮。僇，通"戮"。

[6] 殛，杀死；四凶，中国古代神话传说中的四种恶兽，据《史记·五帝本

纪》中的记述是：帝鸿氏之不才子“混沌”、少皞氏之不才子“穷奇”、颛顼氏之不才子“梼杌”，缙云氏之不才子“饕餮”，合称“四凶”。

[7] 啖，吃。

触 暑

酷暑蒸烈，与二客散形而坐。虽复裸袒，苦如向火。

其一谓曰："是安得高堂广厦，池台水榭而居之乎？日色不侵，凉风徐来。"

其一谓曰："深林幽谷之间，动定安稳，倚茂树，俯清泉，箕踞[1]盘石之上，亦一快也。"

道人笑曰："试理会此中消息，尽有堂厦台榭，尽有幽谷茂林，只为欲火烧除，化成煨烬，故尔坠落炎坑耳。庄生云夏日造冰，原来无热，何以故造？冷清清，非冰非水，来淡淡，不扇不风，不受行想，无所受处也。"

二客默然。

[1] 箕踞，一种不拘礼节的坐法。两脚张开，两膝微曲地坐着，形状像箕。

药　症

上无道揆也，下无法守也。朝不信道，工不信度，君子犯义，小人犯刑，国之所存者，幸也[1]。

吁！可畏哉！圣贤之言，如卢扁[2]和缓编定危症，犯之者死。苟欲救治，何处投剂？且一国之人，皆已狂死矣，谁能医者，又谁为延医乎？

[1] “上无道揆也……幸也”句，出自《孟子·离娄上》，意思是：在上的不依照义理度量事物，在下的不用法度约束自己，朝廷不信仰道义，工匠不信尺度，君子触犯理义，小人触犯刑律，国家还能生存的，只是由于侥幸罢了。

[2] 卢扁，即古代名医扁鹊 。因家于卢国，故又名“卢扁”。

内 隐

方山子[1]之传曰："庵居蔬食，不与世相闻。弃车毁服，往来山中，人莫识也。"又曰："环堵萧然[2]，妻子奴婢，皆有自得之意。"夫毁弃车服，徒步混迹，道人饶为之矣。至于妻奴自得，尚费拟议。

鹿门之夫妇齐眉[3]，偕隐太山之逸兴，携手共吟。试问此等景况，当作何喜跃耶？范忠宣[4]有言："凡人居官取罪，未有不败于妻子者，以其贪也。"余亦谓凡人之不能隐者，亦未有不败于妻子，以其谪也。《北门》[5]无咏，则衡泌[6]长歌矣。

[1] 方山子，即陈慥，字季常，北宋眉州（今四川青神）人。人以其所着之帽方正高耸，似古之方山冠，因谓之"方山子"。家巨富，晚年皆弃而不取，隐于黄州之岐亭（今麻城岐亭），自号龙丘居士。庵居蔬食，徒步往来山中，不与世相闻。苏轼乃其好友，曾为之作《方山子传》。

[2] 环堵萧然，形容室中空无所有，极为贫困。

[3] 鹿门之夫妇齐眉，典出《后汉书·庞公传》载："庞公者，南郡襄阳人也。……荆州刺史刘表数延请，不能屈。……后遂携其妻子登鹿门山，因采药不返。"

[4] 范忠宣，即范纯仁，里居、阅历见卷上《寿太安人何婶母八十有四序》注。

[5]《北门》，《诗经·国风·邶风》中一首小官吏诉说自己愁苦的诗，描述古代下层小吏待遇菲薄，内外交困，身心俱疲的情景，反映了当时的社会矛盾。

[6] 衡泌，指隐居之地或隐居生活。典出《诗经·陈风·衡门》："衡门之下，可以栖迟，泌之洋洋，可以乐饥。"

借　谷

崇祯六年五月二十九日，旧谷已尽，新谷未升，几于悬釜矣。邻人林太宇以新谷一石见贷。凡稻未及时，虽少数日，其穗乳而不坚，收亦减损。忍其减损，而先时以相贷，此邻人之善者也。

旋而隔乡之人，亦以稻至，譬如渴人称陇上佳梅，而水津津起于舌下。饥人称说太仓稊米，便有饱色，况其实有是物者乎？立命晒之于庭，而日势不硬，浮云时遮，复为之悒悒然[1]也。盖凡事当极蹙之时，辄有意外之喜，而极喜之中，又辄有未尽之恨。大率类此。

[1] 悒悒然，郁闷的样子。

海 上

予妻族聚于海上。向为诸生时，读书其处，笔研之余，赤脚弄波，以水荡漾。俯拾鱼蚬杂产，海鸥不猜，群儿相狎。归而投诸釜中，煮熟，手掇，以土酒沃之。夏秋之际，月白沙明，与诸人坐卧剧戏，其乐何如。回首思之，不觉四十余年，那得不老乎？今日复过故居，水石无恙，波光不改，而向时所从游之人，已强半乌有矣。垂发诸内弟，则皆冉冉然长子孙，作斑白汉也。亦有代谢消长之不一，真足令人感悼者。颇忆前事如在睫间，又复神飞，哀与感而乐与恨之集，交并未有已也。

从乐得哀者，其乐不可久；从哀得乐者，其乐正未央。而道人总以付之运会。过去现在因之而已，遂欲买地构一小室，为海滨逸人。而是夜宿海上，方就寝，炮声四响。惊起问之，则红夷阑入内地，以掠人舟者也。才起念即有物焉以怖之，造物之违人愿如此。适有渔人为予言曰："今日在海间，遥望其舟内有红毛夷，有黑毛夷。"又曰："红毛夷性耐水，不便于陆，不敢登岸。黑毛夷蔽岸皆是也。"予默然不言。

祝　　虎[1]

山中有一翁焉，精奇术，能祝虎，常以符咒神水，召致而窘迫之。及其衰老，符术不验。一日，召致诸虎，为其所啮以死。非术有工拙，而验不验，由于盛衰之年也。虎为其所胁，而蓄恨之心久矣。一旦时至性发，以泄久恨，往复之理，无足怪者。故凡迫胁人之事，不可以为常也。而几幸于毒者之不吾螫，亦未有不受其侮者。然闻海外有养蛇之翁，小而饲之，至其长大，此翁为其所吞，则饱之腹中矣。

夫饲有豢养之恩焉，而胡其以此报也？大抵蛇虎之性，非我同类，咆哮噬啮，自是本相。迫之不可，养之不可，其消导之法，莫过于远。故曰驱龙蛇而放之菹[2]，又曰驱虎豹犀象而远之[3]。远与放使之不吾迩[4]焉，则亦已矣。消患于未萌，制胜于事始，天下之势，不过如是，亦未尝一一诛僇之也。时在海上，有感记此。

[1] 祝，通“咒”，诅咒。祝虎，驱虎降虎。

[2] 放之菹，语出《孟子·滕文公下》：意即驱赶它们到草泽中。菹，多水草的沼泽地带。

[3] “驱虎豹犀象而远之”句，语出《孟子·滕文公下》。犀象，犀牛和象。

[4] 迩，近。

愤问篇

韩生孤愤[1]屈子问天[2]世变日幻俯仰之间殊难自平因作

人有冤苦，合掌呼天。谓天不仁，非狂则颠；谓天至仁，事多变迁。雨以润之，胡为沉涟？坏山走石，至没州县。雷以鼓之，胡为砰轰？震撼横击，害我众生。水旱失时，农人荐惊。加以蝗螟，穑事靡成。至于蛇蝎、蚊蝇、鼠鼯，产之胡为？又复充廷，麟凤何少？狼虎何多？人中之虎，胜似操戈。衣冠大盗，如鬼如魔。殃民误国，莫可奈何。谁其产之？付此肝肠，一种枭贼，杀人莫当。云自图谶，何为降殃？善人稀有，世界混茫。兵火瘴疠，是谁之愆？言念及此，食不下咽。彼苍难叩，惟有怅然。

[1] 韩生，指韩非，法家思想的集大成者；孤愤，是韩非所著的名篇《孤愤》。在这篇文章中，韩非子怀着孤独之感，抒发了自己对现实的愤慨之情。

[2] 屈子，即屈原，中国历史上第一位伟大的爱国诗人，“楚辞”的创立者和代表作者。问天，即屈原的代表作之一《天问》，这一作品表现了诗人对自己在政治斗争中所遭遇到的不平待遇的愤懑。

持　戒

人世营营，惟利与名。高官大爵，系组鸣缨[1]。良田广厦，一望苍菁。金子银孙，算利较赢。于此数者，予视已轻。独有一累，未能忘情。周妻何肉[2]，因缘未平。以彼皮血，囊藏戈兵。躯忘宝灭，闻之渊明。于波浪中，回掉［棹］转旋。如大梦觉[3]，如烂醉醒。逸少誓墓[4]，稽康养生[5]。聊仿此意，誓于太清[6]。阿弥陀佛，作兹证盟。

［1］系，捆绑；组，丝绳。系组，以丝绳绑住。缨，系在脖子上的帽带，也指彩带。

［2］周妻何肉，典出《南齐书·周颙传》。南朝齐时，周颙精研佛理，素食寡欲，虽居山林，然有妻室。何胤亦是虔诚佛教信徒，然不能素食。妻室、食肉都为佛门禁条，而周、何二人于此不能彻底禁绝，故视为习佛的拖累。后作典故，用来指修习佛法的障碍，也指尘世俗事未了。

［3］梦觉，即梦醒。

［4］逸少，即东晋时期著名书法家王羲之。王羲之（303—361），字逸少。曾官居右军将军、会稽内史，世称王右军。琅玡临沂人。逸少誓墓，王羲之因与权贵王述不睦，于永和十一年（355 年）在父母墓前发誓弃官。誓墓辞官后，隐居于浙江剡县（今嵊县），终老东土。

［5］嵇康（224—263），字叔夜，谯国铚县（今安徽濉溪县）人，三国时期曹魏思想家。稽康养生，嵇康深受老庄思想影响，一生对养生学有独到的研究，并且身体力行。其撰著的《养生论》是一部著名的养生学著作。

［6］太清，指天道。见《庄子·天运》：“行之以礼义，建之以太清。”

鸣和堂

（有小序）

予始见洪近五于京邸。尔时雨雪政[1]飘，有萧然独立之致。予出草具，对酌尽欣而去。不予鄙也，既心知之。己未秋，归自萧山，未慰离索，时与谢汝献语及世族物望，辄为近五首屈一指。而汝献又言其所构鸣和堂，制约意远，读书其中。予喜而赞之。昔人记序铭颂，多以声闻赞叹，岂必目所经见哉？他日有骑款段马[2]相访海上，野服蓬首，而啸傲索醉于鸣和堂之侧者，即今日信宜荒吏也。请以此作介绍，亦不为昌黎之无因而至矣。赞曰：

跨扶桑以直指，俯瀛海之泓流。方其兴酣落笔，而放然堂轩之上，日色与波光而俱收。固将来九苞之瑞羽，聆戛玉之双酬，声落天部，响遏云球。试问堂上主人，其不裼不裘[3]，亹亹[4]向逼而来者，王谢[5]子弟，司州、安丰之俦[6]。

[1] 政，通“正”。恰好。

[2] 款，缓；款段，迟缓的意思。款段马，即驽马。

[3] 裼，裼衣。裘，毛皮的衣服。不裼不裘，形容不拘礼仪。

[4] 亹亹，勤勉不倦。

[5] 王谢，六朝望族琅玡王氏与陈郡谢氏之合称，后成为显赫世家大族的代名词。

[6] 司州，当指司州刺史王胡之。王胡之（？——348），字修龄，琅玡临沂（今山东临沂）人。出身魏晋高门琅玡王氏，为王廙次子。年少有声誉，成人后才能卓著，历任吴兴郡太守、侍中、丹阳尹，颇有作为。安丰，即安丰侯王戎。王戎（233—305），字睿冲，琅玡临沂人。出身魏晋高门琅玡王氏，凉州刺史王浑之子，“竹林七贤”之一。官至司徒，封安丰侯。俦，同类，辈。

彝器铭

己未春上计京师[1]，偶见此器，纹皆细篆，色似丹青，真三代法物也。货而市之，恒注以水，置之斋头。夫彝本载酒之具，而予不能饮，以水当酒，取适而已。予尝著论，谓以银易铜，颠倒其宝。而今复自蹈之，将无令墨卿笑人乎？正米元章[2]所谓如此石者，那得不爱。盖君子玩物而不玩于物。遂为之铭曰：

苍然其色者，大雅之词。浑然其质者，庙堂之姿。汝久落人间之齿颊，而汝不尸。偶尔相逢，斋头注水。曰白南居士之彝，千百世而后，亦不知其所之。

[1] 己未，万历四十七年（1619年），时陈如松任职萧山知县；上计京师，地方行政长官定期赴京师呈上计文书，报告地方治理状况。

[2] 米元章，即米芾（1051—1107），初名黻，后改芾，字元章，号海岳外史，又号鬻熊后人、火正后人，湖北襄阳人。北宋书法家、画家、书画理论家，与蔡襄、苏轼、黄庭坚合称“宋四家”。曾任校书郎、书画博士、礼部员外郎。

四宝约

泰昌元年中秋之晨，气色宣朗，窗几皆明，正东坡所谓欣然笔研之时也。乃召管城子、即墨侯、楮先生、龙宾使者[1]，再拜而与之约。省括其文，五字成句，约曰：

以火煮空水，虽沸不疗饥。以水渍白米，饥饱不及时。虽有米水火，安顿在何之？合而成飧粥，功力总不知。若云釜之力，空釜将安施？诸物相互倚，独茧不成丝。几上四君子，静而听吾词。一呼即皆至，入我大炉锤。常与心手应，洋洋而酾酾。各不相矜代，我亦不自居。

[1] 管城子，唐韩愈作寓言《毛颖传》，称毛笔为管城子。后因以“管城子”为毛笔的代称。即墨侯，砚的别名。据宋苏易简《文房四谱·砚谱》载，唐人文嵩曾以砚拟人作《即墨侯石虚中传》曰：“上利其器用，嘉其谨默，诏命常侍御案之右，以备濡染。因累勋绩，封之即墨侯。”后因用以称砚。楮先生，唐韩愈作《毛颖传》，称纸为楮先生，后遂以“楮先生”为纸的别称。龙宾使者，指守墨之神，出自《云仙杂记·陶家瓶馀事》。后因用以称墨。

铁如意铭

如意以钢铁为之，夫独不虞折[1]乎？天下之柔软者，主于随人，俯仰不能自主。坚贞者惟在直己，缩绅［伸］得以自如。无干吾事，行意而已矣。东坡曰："吾知刚者之必仁也。"[2]白南子曰："吾亦知刚者之必如意也。"遂为之铭：

可得而摹也，不可得而即也。可得而即也，不可得而极也。将更而字之以纳诸中正之则，而汝不受，且随意之所域。吾亦不问其得失。

［1］折，裂开、绽开。

［2］"吾知刚者之必仁也"句，出自宋苏轼《刚说》，意思是：我知道刚毅的人一定有仁爱之心。

题画菜图

世而有此色，吾为之焦然[1]其不宁；吾而有此心，又觉其夷然[2]而徐清。试取一根，投诸有莘之俎[3]、傅氏之羹[4]，调得调不得，吃得吃不得，当以问诸疏水之老，是素是腥，使一吃便了。将絜[5]而付诸居山汲谷之夫，日嚼藜藿[6]而有余情，以是知无味之味，非绘想之所能名。

[1] 焦然，烦扰的样子。

[2] 夷然，平静镇定的样子。

[3] 有莘，是夏商时期东方重要的氏族部落；俎，菜板。有莘之俎，典出汉韩婴《韩诗外传》卷七："伊尹故有莘氏僮也，负鼎操俎调五味，而立为相。其遇汤也。"有莘氏的男仆伊尹，背着饭锅砧板来见成汤，借着谈论烹调滋味的机会向成汤进言，劝说他实行王道。后遂以"负鼎"等喻辅佐帝王，担当治国之任。

[4] 傅氏，指殷商时期高宗武丁的相傅说。傅氏之羹，典出《尚书·说命下》："若作和羹，尔惟盐梅。"此语本是武丁任命傅说为相的诏词，把傅说看作调味中的盐和梅，一咸一酸，均为调味所需。喻指国家所需的贤才。

[5] 絜，本意是指量物体的周围长度，也泛指衡量，引申义是法度、规则。

[6] 藜藿，指粗劣的汤羹。

题赵仲穆[1]骏马图

马，畜类也。而庄周荒唐其词，一以为神马。至老夫子，直摽[2]之以德力。或曰汧渭之间[3]，龙与马交，生子谓之龙马。而世喜其神骏，至市骨而图其形。魏豹[4]好手，则曰须臾真龙出矣。马派传在吴兴，仲穆能世之，皆描其骏物之神耳。然家有好儿，谓之千里驹，不嫌比类，又加赏焉。则神龙更自有真也。愿知德者别之。

[1] 赵仲穆，即赵雍（1289—1369），字仲穆，湖州（今属浙江）人。赵孟頫次子，元代书画家。擅山水，尤精人物、鞍马。

[2] 摽，通“标”。

[3] 汧渭，汧水与渭水的并称；汧渭之间，即汧水与渭水的交汇处。据《史记·秦本记》记载，周孝王时代，秦人先祖大骆的小儿子秦非子因擅长养马，被周天子召到汧渭之汇的地方为周王室养马，并因此立功受封，秦族由此诞生。

[4] 魏豹（？—前204），秦末汉初人。原战国时魏国的贵族，魏亡，向楚怀王借兵，收复魏地，自立为魏王。项羽大封诸侯，改封西魏王。继投刘邦，因相面云其子能当天子，又叛归项羽。后韩信破魏，被掳至荥阳，为汉将周苛所杀。

黄山人自描其小影见而赞之

方山氏之冠[1]与，忠恕之笔与，豪然自放，而洒然自得与。君不能自见其形，而取诸镜与水之会。予亦未尝亲接其形，而想之花与月之外，照照者谁各不可知？疑有神焉，了无色相之注于颊颐。

[1] 方山氏之冠，指方山子陈慥所戴之方山冠，为古代的一种帽子，方正高耸，唐宋时隐士多戴这种形状的帽子。

石室铭

端平岩[1]之顶，有石穴，上下皆石，外敛内坦，不事栋宇，可列数席而坐起其下，故相传曰“石室”。予构而得之，盖天成也。夫以天地之所有，而必欲私之于己，则亦大惑矣。然以天地之所有，而己不能有之，听其虚无，则又惑之甚矣。望随景宽，而景随人集，要以波光初射，峰峦城邑，可俯而拾，天柱日观，不足侈也。点而掇之，惟力是视，先为之铭曰：

将敲摩崖之石，勒勋[2]而纪盛兮，二毛[3]已侵。将深坚固垒，闭闭而简出兮，去住无心。兀然而坐于一室之内兮，惟有不弦之琴[4]。东望扶桑[5]，照我衣襟。忽然一声，如德山之长啸兮，九十里而闻音。俯视兰若[6]，另现世界。与道人而相宜兮，将老于此山之阴。

[1] 端平岩，即慈云岩，在今厦门市同安区新民镇禾山村西之禾山（又名豪山）上，宋端平年建有石岩，故称。

[2] 勒勋，记载功勋。

[3] 二毛，斑白的头发。

[4] 不弦之琴，东晋名士陶渊明好琴，然所弹则是无弦之琴。有朋友来访，他以无弦之琴演奏一番。众人皆不解，他却说：“但识琴中趣，何劳弦上声?”

[5] 扶桑，神木名，传说中东方日出处的大树。后用来称东方极远处或太阳出来的地方。

[6] 兰若，佛教寺院，梵语“阿兰若”的略语，意为寂静无烦恼处。

砚　铭

岭南李说甫以砚遗予，制作浑成，而质理坚润。其意况可敌苏氏，云是先世旧物也。予亦爱玩之，遂为之铭曰：

一片顽石，褎然轩几之上。既自石而为砚，复自李而入陈，此皆不可知之数。用舍去住，总以问之宿因[1]。吾独爱其不雕不饰，自现本真，故与尔而相亲。

[1] 宿因，佛教语，前世的因缘。

贞女赞

(有小序)

元至元间，吾宗有贞女讳英者，终身不嫁，又能为其兄弟经营家事，育妹氏之女。性既过人，才复丈夫，而持斋诵经，手不释卷。前福清州判官林冈孙[1]尝铭其墓曰："女子不字，易称其贞。十年且难，而况一生。"乃邑乘家谱无有载者，其姓名埋没于荒草飞尘之下。至万历四十年，有农夫掘地蔗坑山，偶发此石。归而洗之，字画俱真，即冈孙铭碣，方知其为东里之陈，而大临之女，景高之姊也。景高名登，为桎［侄］萃松殷铭始祖，则贞女为予宗之远姑也明矣。

吾宗自宋元僻处浯洲，复各离析，其聚于东溪者谓东里。而嗣是徙居西浦者，因别为西里云。呜呼！古之幽人，奇遁湮没，不传多矣。贞女没二百余年，始以铭著闻，岂精诚之所荡？抑显晦之有待？赞曰：

女之字夫，及笄以时。犹臣事君，风云为期。人皆不仕，冠裳[2]绝离；女皆不字，阴阳安施？至有二心，阃域凌夷[3]。宁其不字，金石弗移。贞女之守，白璧琼枝；贞女之才，拮据掌持。呜呼吾宗！名位虽卑，前有贞女，不字而没，彤史著奇；后有南海[4]，不仕而死，寸心自知。忠贞之家，或庶几之。天盖有意，现此铭辞。譬如巨宝，岂忍埋斯？承兹余韵，以永裘箕[5]。

[1] 林冈孙，字于高，号慎斋，兴化路莆田（今福建莆田）人。元延祐五年(1318年)进士，历官征事郎、福清州判官，终奉训大夫、温州路瑞安州知州。

[2] 冠裳，原指官吏的全套礼服，又指官宦士绅。

[3] 阃域，境地；凌夷，衰落、衰败。

[4] 南海，指浯江陈坑陈氏九世祖南海公陈显，阅历详见本卷《南海公传》。

[5] 裘箕，比喻先辈的事业。典出西汉戴圣《礼记·学记》：“良冶之子，必学为裘；良弓之子，必学为箕。”

笑道人自赞一

以为笑也，玄宰先生[1]叙之曰："嫠恤杞忧[2]，甚于秦庭之哭[3]。"以为非笑也。但见其终日嘻嗥[4]，与野老而相追逐，咄咄道人之口，悠悠道人之腹。口可以告人，腹不可以告人，是故栩栩然[5]而征吾之目。

噫！逸少之花[6]，彭泽之菊[7]，道人亦盘桓于仿元亭[8]之下，而种吾竹。

[1] 玄宰先生，即董其昌（1555—1636），字玄宰，号思白、香光居士，松江华亭（今上海闵行区马桥）人，明代书画家。万历十七年（1589年）进士，授翰林院编修。官至南京礼部尚书，卒后谥"文敏"。擅画山水，平淡天真，秀润苍郁，超然出尘。

[2] 嫠恤，"嫠不恤纬"的略语。嫠，寡妇；恤，忧虑；纬，织布用的纬纱。典出左丘明《左传·昭公二十四年》，原意为寡妇不怕织得少，而怕亡国之祸。后用于比喻忧国忘家。杞忧，"杞人忧天"的略语。谓不必要的忧虑。此处作殷忧、深忧。

[3] 秦庭之哭，典出《左传·定公四年》："申包胥如秦乞师……立依于庭墙而哭。"原指向别国请求救兵，后也指哀求别人救助。

[4] 嘻嗥，嘻笑吼叫。

[5] 栩栩然，欢喜自得的样子。

[6] 逸少，即东晋时期著名书法家王羲之。王羲之，字逸少。

[7] 彭泽，即东晋末至南朝宋初期著名诗人、辞赋家陶渊明。陶渊明最后一次出仕为彭泽县令，八十多天便弃职而去，从此归隐田园。陶渊明生性爱菊花，在彭泽留下了品菊、种菊的美丽诗篇。

[8] 仿元亭，陈如松归田后，于家乡构一小亭，坐卧其中。仿唐代元结隐居退谷作《退谷铭》之举，命小亭为"仿元"。参见卷上《仿元亭记》。

笑道人自赞二[1]

饥则一盂，倦则一榻，问及时事，笑而不答。忽然奋痒，口角杂踏。或怨欲死，或笑而狎。谓其无搭挵[2]，吾独以之自命曰“恰恰”。

[1] 标题原为“又”字，补与目录一致。

[2] 无搭挵，又作“没搭煞”，意为没有出息，无用。

《金刚经》[1]颂

如来何在？来自西方。西方何在？象性之先。无住无相[2]，八万四千[3]。不帆不筏，到岸起然。手执一炬，其照无边。何以故照？众生缠绵。

积污浊水，入于重渊。反以慧羚，碎我刚坚。权立名号[4]，解大因缘。非以彼度，洗足安眠。布衹乞食，迷惑不痊。妙用一转，宝在眼前。了无所见，至宝自还。

一大月轮，清寂满圆。取舍忍辱，肯坠言诠。香性本空[5]，有何可捐。更无别义，自然贯穿。我愿比丘，证此人天。入门降伏，是正法传。若风之波，若水之莲。

[1]《金刚经》，即《金刚般若波罗蜜经》，是大乘佛教般若部重要经典之一，多为出家及在家佛教徒最多人日常早晚课所诵持的经典。般若，梵语，意为智慧。波罗蜜，梵语，意为到彼岸。以金刚比喻智慧之锐利、光明、坚固，能断一切烦恼，故名。此经采用对话体形式，以般若智慧契证空性，破除一切名相，从而达到不执着于任何一物而体认诸法实相空性的境地。

[2] 无住，佛教语，谓法无自性，故无所住着，随缘而起，故云无住佛教称“无住”为万有之本；无相，佛教语，绝真理之众相名无相。佛教以无念为宗，无相为体，无住为本。

[3] 八万四千，佛教表示事物众多的数字。

[4] 名号，佛教语，特指诸佛、菩萨名。

[5] 香性本空，“性空”是佛教最根本、核心的思想。佛教认为，香这种物质现象是没有“恒常性”、“独存性”与“主宰性”的，换句话说，是香是臭，不是由香本身决定的，而是一个个不同的人，不同的认识。故“香自性是空”。

大通宝塔[1]颂

夫大通当萧山之口，其有桥也，自关主和尚始也；其有塔也，自予宰官之改河始也。他邑之人，或曰水道迂绕，或曰堪舆之说，拘而无当。今十有五载矣，萧人相见谢曰："自有此塔以来，风气日上，文明弥开，科甲不脱，大异昔时。阁臣之贵，前世未有也。其傍东门而居者富而多文，其家于桥侧者，则裒然发解[2]。"盖已人文赞叹，而同异化服矣。因为之颂：

太山培上，岂益毫毛。一气并合，阴阳为陶。地临御水，影侵通河。遥望西山，辰汉[3]可摩。孰其兆之，般若[4]诃陀。孰其成之，谈笑浩歌。风翻不动，摇玉鸣珂[5]。四大不毁，立极负鼍。放大光明，自在婆娑。一柱所指，乐成者多。浴以日月，永此嵯峨[6]。

[1] 大通，即大通河，在今浙江杭州萧山区。大通宝塔，陈如松任萧山知县时所建，今已圮。参见卷上《大通桥建塔记》。

[2] 裒然，美好出众的样子。发解，唐宋时，应贡举合格者，由所在州郡发遣，解送至京参与礼部会试，称"发解"。

[3] 辰汉，即大辰与天河；大辰，指房宿、心宿、尾宿。天河，银河的通称。

[4] 般若，佛教语，意为"终极智慧"、"辨识智慧"。

[5] 鸣珂，显贵者所乘的马以玉为饰，行则作响。

[6] 嵯峨，屹立。

茫茫大野赋

维大野之无垠，纠窅穆其殷屯[1]。炁[2]升浮而递转，汇参差以互陈。鹄白乌黑[3]，砾秽珠珍。则有龟伏，啴咽[4]吸雨露之清真。而豗喙豕腹，方且盼盼然以津津。岂松柏之殊产，乃莸[5]臭而桂芬。盖非万态殊诡，交错缤纷，不足显大地之旷荡，而包纳之氤氲[6]。

然水流则溢，火炽则焚，迄不知其所止。徒仰息叹恨，对长空而咽咿[7]。方其不周[8]，未触玄元[9]，丽仪虽闰[10]，气之时禅。尚恢网之靡移，瓢历落而挂树。薇采采以若饴，铮铮者铁，皎皎者丝。咸见步而顾影，日月洞其幽居。迨至泱漭[11]弥甚，旷野凌迟，靡岸不摧，靡谷不夷。云黯霭其四塞，雨无声而漫弥，若长夜之昏黑，指纹莫辨。拳睫交睋，而了无旦期。

尔乃狐九尾之摇摇[12]，鸱六翼而累累[13]，长喙利距[14]，飞而入邑。曾膏血之有几，头相触而不知。于是极溃维绝[15]，茫然荆榛。而重足戟手[16]之块，谓大块[17]之不仁。顾视流沫，尽皆成赤，惟闻号鸟惊鹤之吟呻。突然变幻，白气嶙峋，疑琼琚之世界，著树木而成银。黄云素雾，蜿蜒交集。满空琳琅，心下灼砾。掇之者如市，射之者如镝。则有汉人欣喜，楚人于邑[18]，益悲汩没[19]之不返。而是四大者，胡为乎澎湃以戛击[20]？众生合掌，帝亦无词。大张广穆之野，高结净土之居。沉欲火于万劫，燃慧炬之一枝。固将累箕颍[21]之石以成砌，削孤竹[22]之树而为楹。翻辟景概，巍然独岿。使魑魅无所托匿，虓虎化为鸾麟[23]。延召清真，宴见名流。左丹右宪，前泰后裘。商略[24]今古，务白群咻[25]。乃有石将军卢丞相之俦，縶系阶下，犹且颠倒咄蚩[26]。苟淡薄其无味，亦啾

[湫] 隘以何奇。倘积聚之为快，奚呶呶然忧天地之崩坏，而尘土之靡所倚庇哉!

载桁[27]而歌曰：璎珞[28]满堂，贵不可赀。死不含玉，生何以虚。名为于是，听者迷瞀[29]。辞无以夺，或倚柱而忾息，或罔徙而沉思。乃时数之使然，匪正理之所期。吁！迷惑难破，传灯莫喻。天其已哉，不如任之。但见旷野茫茫，惟阴风之摇曳，而积水之流澌。

[1] 纠，纠集；窅穆，深远明净；殷屯，富足繁盛。

[2] 炁，古同“气”。

[3] 鹄，指鸿鹄，即天鹅；乌，乌鸦。鹄白乌黑，意思是万物自有其本性。下句“砾秽珠珍”亦同。

[4] 啴，喘息；咽，吞咽。

[5] 莸，古书上指一种有臭味的草。

[6] 氤氲，烟气弥漫的样子。古人认为天地由湿热的混沌之气演化而成，然后天气下降，地气上升，二气相交，则有万物的化生。

[7] 咽咿，低沉的泣声。

[8] 不周，即不周山，是中国古代神话传说中的山名。《淮南子・天文训》：“昔者共工与颛顼争为帝，怒而触不周之山。天柱折，地维绝。”

[9] 玄元，天地未分时的混沌一体之气。

[10] 闰，偏、副，对“正”而言。

[11] 泱漭，水势浩瀚的样子。

[12] 狐九尾，即九尾狐，是中国古代神话中的神异动物，有吃人的凶恶形象。出自《山海经・南山经》：青丘之山“有兽焉，其状如狐而九尾，其音如婴儿，能食人，食者不蛊”。摇摇，摆动、摇曳的样子。

[13] 鸱，凶猛的鸟，最早出现在《山海经・西山经》：“有鸟焉，一首而三身，其状如鸦，其名曰鸱。”六翼，即六耳；累累，众多的样子。

[14] 喙，特指鸟兽的嘴；距，鸟禽爪中朝后叉去的那一趾。

[15] 极，顶端，指天顶；溃，冲垮、垮塌；维，大绳子，指系挂大地的绳子；绝，断。极溃维绝，即“天柱折，地维绝”之意。

[16] 重足，叠足站立，常用以形容恐惧而愤恨的样子；戟手，徒手屈肘，伸出食指和中指如戟形指人，常用以形容愤怒之状。

[17] 大块，意思是大自然、大地。

[18] 于浥，当为于邑，意为忧郁烦闷。

[19] 汩没，埋没。

[20] 戛击，敲击。

[21] 箕颍，即箕山和颍水。相传尧时，贤者许由曾隐居箕山之下，颍水之阳。后因以箕颍指隐居者或隐居之地。

[22] 孤竹，典出《庄子·让王》："昔周之兴，有士二人处于孤竹，曰伯夷、叔齐。"后遂用孤竹借指伯夷、叔齐。

[23] 虓虎，怒吼的虎；鸾，古代神话传说中凤凰一类的鸟，被视为春神之使者。

[24] 商略，品评、评论。

[25] 咻，吵，喧扰；群咻，共同来喧扰。

[26] 咄，呵叱。蚩，无知，痴愚。

[27] 桁，古代用于加在囚犯颈部的一种木刑具。

[28] 璎珞，用珍珠、宝石和贵金属串联制成的环状饰物，王公贵族用来装饰其身，以显示身份。

[29] 瞀，昏乱、眩惑。

重建白礁宫[1]募化疏

伏以[2]道妙能护众生，故皈依之怀，久而弗替；人人总归一义，故形器[3]之丽，敝则必新。如沙聚河，数之不离四千八万，若金布地，合之只在铢两丝毫。惟白礁之祖宫，实玄真之发迹。石峰列拥，尽是点头之法从[4]；瀚海当前，恍似引手之慈帆[5]。一宫巍然，万炬灿若。香资亦以助饷，固波润之余；法力自尔放光，乃慈济之首。

岁久渐坏，势倾难支。虽飞腾不藉于堂居，而愿护宁缓夫鼎葺。请香者无所栖宿，瞻望者咸为叹咨。众乃发心，请予会首，岂无宏慈之巨力，亦谓拙性之耐烦，不敢复辞，试说一法。凡有凶恶，为之称引明神，则悚然惊惧。或有痛痒，语以灵应祈佑，则忽若畅舒。此皆昔人设教诱民之端，故为今日率俗方便之事。矧诸佛之幻冥难知，而真人之化诞有据，役不容已，功宜协同。告尔十方，各发片念，财谷工力，随其量之所能为；善男信女，听其心之自欣喜。欲问功与德之数，惟在悭与舍之间。偈曰：

一点传灯，散为万炬。一粒米聚，积成千稰[6]。我愿长者，施受两忘。会大胜事，玉版金装。功行完满，何相何因。依然月朗，已渡彼津。

[1] 白礁宫，即白礁慈济宫，在今福建漳州台商投资区角美镇白礁村（原属泉州府同安县管辖），始建于南宋绍兴二十年（1150 年），是供奉北宋名医吴真人的一处宫观。建宫八百多年来，历经数次重大重修，全依海内外善信鼎立资助，均有勒石纪念。吴真人，原名吴本（979—1036），字华基，号云冲，北宋年间同安县白礁村人。生前采药行医，医德高尚，救人无数，深受敬仰。去世后被朝廷追封为大道真人、保生大帝。

[2] 伏，指俯伏下拜；以，指下面有事陈情。伏以，意思是下级对上级的报告，要伏下身子。一般作为臣下对皇帝或凡人对神明恭敬的陈情形式。

[3] 形器，物体。

[4] 尽是点头之法从，用“生公说法，顽石点头”之典故。传说晋朝和尚道生法师对着石头讲经，石头受其感化而点头。

[5] 慈帆，指以慈悲心救度众生的航船。

[6] 糈，炒熟的米、麦等谷物。

白衣大士[1]赞

太始[2]惟白，彩缘赘施。白心贲饰，即是令仪。含灵吐能，现世飞驰。弥天润海，瓶水一枝。百千手眼，放大慈悲。了无色相[3]，还复希夷[4]。净观世界，善音护持。主延象教[5]，锡及麟儿。所孕育者，妙于不知。遍满四大，靡有穷期。众生茫渺，徒尔皈依。我愿稽首，津筏何之。以我自观，印心[6]在兹。

[1] 白衣大士，亦作白衣仙人，为观世音菩萨化身之一。身穿雪白衣裳，手执杨枝净瓶，坐立白莲中，即人称的白衣观世音菩萨。

[2] 太始，指天地开辟、万物开始形成的时代。

[3] 色相，佛教语，指一切事物的形状外貌。

[4] 希夷，虚寂玄妙。

[5] 象教，释迦牟尼离世，诸大弟子羡慕不已，刻木为佛，以形象教人，故称佛教为象教。

[6] 印心，佛教语，源自于“以心印心”。包括两种含义：一是传法者传法的时候不着一物，意会不可言传的以心印心，令修行者明悟佛法。二是明悟者，以心印心。

金刚[1]颂

专为怒目而赞，与前经颂不同

金刚怒目[2]，菩提攒眉[3]。怒者奋张，攒者含思。虽嗔喜之殊态，总救世以慈悲。嗟世界之反覆，至今日而益凌夷[4]。狼贪无忌，虎飞食人。皆峨冠而长裾，昧心反面，犯义灭伦。曾犬彘[5]之弗如，举目狂迷，鬼魅交驰，旁观者宁不愤恨而决眥[6]。金刚有灵，若早知逝，波之必如斯，则其怒目也固宜。颂曰：

众生迷惑，满腹戈兵。帝命有赫，月电震惊。乃眷明神，愤怒裂睛。庶几观者，毛竦靡宁。震慑之威，炯炯铮铮。愿天斧钺，翦除永清。

[1] 金刚，卫护佛门的护法神，因手持金刚杵而得名，象征能够摧伏外道、击败邪魔的力量。

[2] 金刚怒目，即金刚以怒目相，扑灭外魔，从而让众生安宁。

[3] 菩提，指开悟的智慧，即忽如睡醒，豁然开悟，突入彻悟途径，顿悟真理，达到超凡脱俗的境界。攒眉，皱眉沉思状。

[4] 凌夷，指衰落，衰败。

[5] 犬彘，狗和猪，喻卑劣或卑劣之人。

[6] 决眥，裂开眼眶，延伸为张目瞪视。形容怒视的样子。

追述祖德请表扬启状

伏以雪深霜严，而松柏之介性，屹乎不移；云消日朗，则岱岳之高风，依然可仰也。地以远而遗于史乘，事虽久，宁靳夫表彰[1]？始祖[2]原任山东德州知州，兼掌右北平记室[3]陈显，出处合道，节概过人。方际平定之始科，裒然礼经之魁首。免从会试，径除隰州[4]，实有惠政以及民，独持冰素而自励。

调繁则历践汝德[5]，采望而从征北平。谋议得预腹心，露布[6]特出手笔。荷成祖[7]之眷顾，为入幕之亲臣。偶因奕棋以隐谏[8]，遂尔解带而归来。捋花行吟，不问外事；茹蔬弗结，寂无一言。及至靖难之时[9]，曾蒙使臣之召。徉[10]束带以就道，即经经[11]之立终。葬还东洲[11]，石鸣数日。回奏置而不问，湮灭亦已多年。向因革除之初，邑乘讳不为录，况敢表章；今值昭雪之后，宽政施及幽魂，可无阐述？敬效昔人祖德之述，敢为子孙自陈之词。

在故老必有传闻，而遗风难以泯灭。伏祈俯核名实，转为表扬，则义无避嫌，庶以发贞魂于重泉之下。乡有懿范，亦可鼓来思于奕世之兴矣。

[1] 靳，吝惜。表彰，原作“表章”，显扬、表扬。

[2] 始祖，即浯江陈坑陈氏九世祖南海公陈显，阅历详见本卷《南海公传》。

[3] 右北平，中国古代郡名，即右北平郡，战国时燕国置，辖境约为今北京市东北部、河北省东北部、辽宁省西部等地。记室，中国古代官名，掌章表书记文檄，后泛指掌管文书之官。

[4] 隰州，今山西省临汾市隰县。以县南有龙泉，地湿，因名隰。

[5] 汝德，指河南汝州、山东德州。陈显曾历此二州知州。

[6] 露布，征讨的檄文。

[7] 成祖，即永乐皇帝朱棣。

[8] 隐谏，陈显于朱棣为燕王时，辟为掌书记，甚倚重。因见燕王有异志，尝乘弈棋时进行讽谏。

[9] 靖难之时，指明成祖朱棣发动的靖难之役。洪武三十一年（1398年），皇太孙朱允炆继位，是为建文帝。建文帝欲行削藩措施，以防边为名，将明太祖四子燕王朱棣的护卫精兵调出塞外戍守，准备削除燕王。朱棣于建文元年（1399年）以“靖难”之名起兵，挥师南下，于建文四年攻下帝都应天（今江苏南京），史称“靖难之役”。

[10] 徉，通“佯”，假装。

[11] 经，缢死，上吊。

[12] 东洲，在金门岛上。南海公之后裔二房开基于此。据金门下坑陈氏所修的《浯卿陈氏世谱》记载，陈显葬于金门湖前（今金湖镇治所）盘坑大石下。

辞不赴乡饮[1]启状

窃惟乡饮设席之初，论人而不论爵。末世滥觞之甚，论爵而不论人。至举之者无足为荣，而当之者不自省量。松有何修，自揣最审。少时南风不竞之习[2]，当为晋贤[3]所慨；老来“北鄙杀伐”之音[4]，若在孔门必麾[5]。任职则种种皆是过端，自愧廉明之不如昔；居乡则悻悻多至触忤[6]，有何功德可以及民。即训族之未能，知立身之多缺。若叨宾位，实昧素心。是使陈氏之太丘[7]，默为姗笑，反累虞公之教化[8]，黯而不光。虽名字已经申详，难于反汗[9]，而宾席决不敢赴，恐其赧颜。且卧病蓬蒿[10]，三月不入城市；全身麻木，一时何能拜趋。伏乞悯怜情迫，恩批辞允。爱我者当处之以德，审己者岂苦不自知？与其匪人之滥觞，宁使西席之虚左[11]。则盛典之举弥重，而廉耻之道亦明矣。

[1] 乡饮，为古代一种庆祝丰收尊老敬老的宴乐活动，通常选德高望重长者数人为乡饮宾，与当地官吏一起主持此活动。“乡饮宾”制度是旧时一项尊贤养老、宴饮欢聚的隆重制度。“乡饮宾”又有“大宾”（亦称“正宾”）、“僎宾”、“介宾”、“三宾”、“众宾”等名号，统称“乡饮宾”，其中“大宾”档次最高，由皇帝钦命授予。

[2] 南风不竞之习，指赌钱之习。典出《晋书·王羲之传》：“（献之）年数岁，尝观门生樗蒱，曰：‘南风不竞。’”时南北朝，五胡乱华。一帮人不图奋起夺回失地，反而在赌钱逍遥，故王献之说南风败落。

[3] 晋贤，指王献之。

[4] 北鄙杀伐之音，典出《孔子家语》：“子路鼓瑟，有北鄙杀伐之声。”因为子路气质刚强勇敢，不够平和，所以鼓瑟所出的声音会有那种杀伐之气。

[5] 麾，通“挥”，抛洒，甩掉。

[6] 触忤，亦作“触迕”，意思是冒犯。

[7] 陈氏之太丘，即陈寔（104—187），字仲弓，颍川许县（今河南许昌）人，东汉名士。少为县吏都亭刺佐，后为督邮，复为郡西门亭长，四为郡功曹，五辟豫州，六辟三府，再辟大将军府。官至太丘长，故后世称其为“陈太丘”。后世尊为颍川陈氏之始祖。姗笑，讥笑、嘲笑。

[8] 虞公，即虞舜；虞公之教化，指帝尧派舜以“五典”，即父义、母慈、兄友、弟恭、子孝这五种美德教导臣民。陈姓起源于西周时的妫姓，是虞舜的后裔，故陈如松以虞公之教化自勉。

[9] 反汗，指翻悔、食言，用来形容收回成命。

[10] 蓬蒿，蓬草和蒿草，泛指草丛，借指荒野偏僻之处。

[11] 西席，古人席次尚右，右为宾师之位，居西而面东；虚左，古代马车的座次以左为尊，空着左边的位置以待宾客称“虚左”。

南海公[1]传

南海公以《礼经》，魁[2]洪武辛亥乡试第四人，则明兴之首科也[3]。故南海公裒然为一邑科名之始。时天下初定，郡〈邑〉乏人[4]，诏举人自五名以上，准免其会试，得即注选。公遂授汝州知州，复调山西隰州[5]，皆有实政及于二州之民。寻以忧去。起复山东德州。文皇帝[6]奉命征右北平，廉知其能，辟为掌书记，甚信倚之。其平燕露布文，即公所属也。予髫童时犹及见其藏稿，今已失之矣。然亦时有弼违[7]，偶一日召与奕棋，乘间进讽，遂以病告归。靖难初，遣锦衣卫使者[8]至家召之。束带出见，佯为就道之计，至夜沐浴，具衣冠，再拜而死。使者以闻，上亦不深责也。

公长于声律。其归自德州时，放浪海滨，或以吟咏自娱，捋花吸草，家人莫测其所为。葬于东洲之大石窝，石大可盈亩。葬之日，石鸣三昼夜，忽有声如雷而裂，岂所谓金石可开者与？公讳显，字［谥］希文，〈字光显〉[9]，南海其别号也。于松为六世从祖[10]，而弟子员名襄者，乃其正派。公之孙有讳沈［忱］者[11]，以明经[12]为县令，亦善歌律。

赞曰：予尝至天台，闻有樵夫者，自他所逃寄湖上，尚论其世矣，而姓名不概见。何哉？嗟夫！樵夫善藏其用，重泉之下，庶几与南海公见之，必有以相质也。

［1］南海公，即陈显，字光显，号南海，福建同安翔风里下坑（今金门金湖镇夏兴）人。明洪武四年（1371 年）举人，授河南汝州知州，复调山西隰州、山东德州知州。太宗为燕王时，辟为掌书记，甚倚重。见燕王有异志，尝乘弈棋时进讽谏，遂以病告归。燕王果篡位，改元永乐，即位后遣锦衣使者至家召之复出。陈显佯为就道，至夜沐浴更衣自尽而死。

祀忠义祠，谥希文。

[2] 魁，明科举制度以五经取士，每经各取一名为首，名为经魁。前五名为五经魁，或五魁。这里是以《礼经》(《礼记》)夺魁。

[3] “辛亥乡试……则明兴之首科也”句，辛亥，即明洪武四年。然明代首科乡试在洪武三年。因人才缺乏，次年再行科举，故洪武四年（1371 年）并非首科。《金门志·人物列传》陈显中举时间作“洪武壬子经魁”，为洪武五年，有误。

[4] 郡乏人，乾隆乙亥年（1755 年）刊《浯卿陈氏世谱》收有此文，作“郡邑乏人”，依世谱改。

[5] “遂授汝州知州，复调山西隰州”句，此处表述与前文《追述祖德请表扬启状》称“免从会试，径除隰州”，再“调繁则历践汝德”之表述有矛盾。据《浯卿陈氏世谱》所载的卢若腾《观陈州守授阶敕命记》一文称：“公初任汝州，再任隰州，三任德州。”本句依此调整。

[6] 文皇帝，即明成祖朱棣。

[7] 弼违，纠正过失。

[8] 锦衣卫使者，《浯卿陈氏世谱》之《南海公传》作“锦衣使者”。

[9] 字希文，误。陈显字光显，卒后谥希文。故依《浯卿陈氏世谱》改。

[10] 于松为六世从祖，据《浯卿陈氏世谱》，南海公陈光显为陈如松太祖父陈光亮的堂兄，于下坑陈氏谱列九世，陈如松于下坑陈氏谱列十五世。

[11] 公之孙有讳忱者，即陈忱，福建同安县翔风里下坑人。弘治七年（1494 年）贡生，任云南镇远县知县。

[12] 明经，始于汉朝的选举官员科目，宋神宗时废除。清代用作贡生的别称。

附

浯卿陈氏世谱·忠[1]

显公，洪武开科经魁，任汝、隰、德三州事。文皇帝平燕，辟为掌书记，甚信倚之。尝乘弈讽谏不听，旋以病告归。靖难初，遣使召公，义不就。夜沐浴，具衣冠，再拜而死。载《大同志·殉难忠臣传》[2]。雍正四年[3]，特旨建祠崇祀。

[1] 该文录自《浯卿陈氏世谱》。

[2]《大同志·殉难忠臣传》，该志已佚。从本文可知，该志列有《殉难忠臣传》，专记历代忠臣义士。以后历代所修《同安县志》，多列有《忠义传(录)》，陈显均列其中。

[3] 雍正四年，即1726年。

笑道人自叙

道人之贻笑于世久矣。道人不裘不裼，不为衣冠所苦，不为礼法所拘，颓然而来，决然而往，无偻伛[1]揖让之态，人笑其懒。少小习举子业，即自骂。初见制义，辄掷不观曰："此三家村买牛券耳。"专好阅古文词，人笑其颇。性不喜逢迎贵人，辄欲面折之。有不可于意，吐不能忍，勃勃然壮于言面，人笑其狂。家无百金，以资入太学，踬场屋[2]者屡矣。适有典京试者，不胜怜才之意，又素交也，于入帘[3]之前，一夕阴请相见，曰："君意云何?"道人徐以正义对之而出，竟不入格，人笑其愚。晚令萧山，颇称脂膏，而不能自润。又不能善事上官，至以事触抵，面遭诟斥，而道人声色俱壮，弗少降意。遂挂弹章[4]，人笑其戆。道人亦还自笑也，曰："吾性已如此。"

虽然，无道人无以贻世人之笑，无世人无以成道人之笑。笑笑相因，笑者其谁，乃取以自命，复为侈其说曰："夫笑何容易。"蓝采和、寒山、拾得之徒[5]，终日浩浩，以此证成仙果。释迦世尊只手拈花，微微而嘻，以此作为佛事。笑何容易，且非独于此也。笑之属为喜，辄居七情之首。古之圣人有喜无怒，即怒亦喜，若《鲁论》[6]所载哂由莞尔之类，而怒无闻焉。则道人之于笑犹未也，非曰能之，愿学焉而已。

道人平生赋分极薄，所遭皆艰苦穷愁之事，每不利于众口，即道人亦不知其何因?往往以财与人，亦为人所詈怨。年逾望五，未有嗣息，而道人总付之一笑，偷得余生。昔有高士嘻笑不辍，曰："吾当以笑死。"而道人反以笑得全其天，遂叙其大概如此。或曰之子也，身冠簪而遽冒道人之号，何与?无能氏有言：云树烟山，亦还有意；帝车后服，总可无心。请以为道人一场公案。

[1] 偻佝，弯腰曲背，以示恭敬。

[2] 踬，受挫折；场屋，科举考试的地方，又称科场。

[3] 入帘，科举考试时阅卷官进入试院履职谓之“入帘”。其在考试期间不得外出。

[4] 弹章，弹劾官吏的奏章。

[5] 蓝采和（647—741），姓许名坚，字伯通，唐朝人。中国民间及道教传说中的八仙之一。常身穿破蓝衫，手持大拍板，行于濠州城，乘醉而歌，后得度化，乘云而去。寒山、拾得，即民间传说中的“和合二仙”，唐代天台山国清寺两位隐僧，行迹怪诞，言语非常，相传是文殊菩萨与普贤菩萨的化身。

[6]《鲁论》，即《鲁论语》。《论语》的汉代传本之一，相传为鲁人所传。

偶然说

理之所不必有而有，事之所不必然而然，则谓之偶，而既已有矣。既已然矣，则亦非偶也，真也。世称说刘渤海虎北渡河[1]，及韩昌黎驯去鳄鱼[2]之事，或以为诚壹[3]所感。然物性之去留，本自无常，当虎欲北渡时，性自不得不渡，偶因其渡，而以归之太守。当鳄鱼欲去时，性自不得不去，偶因其去，而以归之刺史。即太守、刺史，岂能必虎之渡不渡与鱼之去不去哉？大抵论人必原其素[4]。平生笃行，有以取券于天人，则虽其影响附逢之事，众且点头而神之奇之，况其实有是迹者乎？是以素重偶，非以偶重素。而与其偶于偶，固不若素于偶也。

予在萧山，适值秋旱，诸田夫恳予塞城外之坝，引湘水以灌西兴之田。而舟子纷嚷，予慰之曰："今日初八矣，姑少迟之。十二日午刻，当为汝决坝。"至期即令人开坝，时尚赤日，田夫亦复纷嚷。予欲以法治之，而大雨倾注，水深地二尺矣。其在河源，有贵豪横甚，屡加痛抑。尝占城濠为池，中有泡泉，味甘可酌，必以小船取之。予适经其处，指而詈之曰："人既嚷沸，水亦嚷沸耶？无得复泡。"水即应声而止，今已数载矣。此二事者，偶与？非与？然予素无以取重于世，则直谓之偶而已。乃真偶然者耶。

[1] 刘渤海，即刘昆（？—57），字桓公，东汉陈留东昏（今东明县）人。初任江陵令，升为侍中、弘农太守。先时崤、黾驿道老虎为灾，行旅不通。刘昆为政三年，推行仁政，老虎也背着小老虎过黄河去了。此即"刘渤海虎北渡河"之传说。

[2] 韩昌黎，即韩愈（768—824），字退之，河南河阳（今河南孟州市）人。自称"郡望昌黎"，世称"韩昌黎"。唐代杰出的文学家、思想家、政治

家。据《新唐书·韩愈传》，韩愈贬为潮州刺史，刚莅任，即听说境内恶溪中有鳄鱼为害，于是写下《鳄鱼文》，劝其迁去。不久，恶溪之水西迁六十里，潮州境内永远消除鳄鱼之患。此即“韩昌黎驯去鳄鱼”之说。

[3] 诚壹，心志专一。

[4] 素，本来的，原有的。

哀元履蔡道兄[1]词

呜呼！天其死元履耶，非死吾侪元履，乃死阖邑之元履也。又非死阖邑之元履，乃死吾闽与天下之元履也。既瘁其身，则不宜复乏[2]其嗣；既乏其嗣，则不宜复促其年[3]。天其谓何？然非天之死元履也，乃吾道兄自以其身死之，所谓“鞠躬尽瘁，死而后已”者耳。人非金石，精神易耗，而道兄捐生杀贼，百凡劳瘁，即自度其身之必陨，而以死报国。握定四字，直彻首尾，临绝时犹尚批阅公案，则是自死之也。时恨天之未竟其用，独有正人亦不憖遗[4]，恐世道崩陷，无所底止，当即混沌耳。然天虽死之，而人心不死之。自穷乡野叟，以至通都人士，无不涕泗而交悼者，乃知世界中尚留此不死之人心。而不遽为异类倭夷者，或藉以庶几焉。

呜呼！世岂无生者，然一种猥鄙恶毒之气，虽强行颜面，如赵资、李放辈，息视[5]未绝，已奄奄若九原[6]下人。则道兄之死，贤于其生。世岂无死者，然生有曷丧之咒[7]，死有开眼之庆[8]，泯泯昧昧，如尘土之就委。则道兄之死，畏于其死。今日化去，其骑箕尾耶？鞭日月耶[9]？皆杳冥不必知之事。而满口公论，一双泪眼，足为定案耳。夫定案无益于死者，而有关于人世，则道兄之所以掉臂而快心[10]也。故予于天之死元履，而为世界危；于人心之不死元履，而为世界延。

予平生不容于世，而独道兄信予。其许予曰：“若在圣门，当居子路、曾点之列。”予平生不忘此语。其南迁过家也，周旋朝夕者月余，而此后即不复面矣。孰知此周旋之日，固即诀别之日耶，于知己当断肉酱[11]，于友谊当为制服。但情无尽而礼有节，徒抚兄之遗琴手书，自唏嘘短气而已。盖玉悲粲哀，未足罄其戚，而羊岘寇竹[12]，尚难方其爱也。骚曰：

决志歼贼兮，独劳瘁而靡移。正气磅礴兮，并玄黄[13]以为期。回日号风攀泣于黔江楚水之墟兮，而观者涕咨兮。苟四大之不坏兮，或咋舌以凝思。安得叩青冥[14]而问之，夫天未欲平治也。噫！

[1] 元履蔡道兄，即蔡复一，号元履，里居、阅历见“著者小传”之《明太仓知州同安陈公传》注。

[2] 乏，使……丧失。

[3] 促，使……短促；年，寿命。

[4] 慭遗，遗留。

[5] 息视，指苟全活命。

[6] 九原，山名，春秋时晋国卿大夫的墓地。泛指墓地。

[7] 曷丧之咒，典出《书·汤誓》“有众率怠弗协，曰：‘时日曷丧，予及汝皆亡！’”乃夏民对暴君夏桀的诅咒。时日曷丧，即何时灭亡。

[8] 开眼之庆，为眼前看到的美好事物而相庆。

[9] 骑箕尾，指去世。典出《庄子集释》卷三上《内篇·大宗师》。鞭日月，典出杜甫《上水遣怀》。羲和是传说中驾着太阳车的神，“鞭”是诗人发挥的想象，羲和嫌太阳跑得慢，用鞭子打着它跑。

[10] 掉臂，甩动胳膊走开，表示不顾而去；快心，即称心，感到满足或畅快。

[11] 知己当断肉酱，典出《史记·仲尼弟子列传》)。子路为卫大夫孔悝之邑宰。卫国内乱，子路以“食其食者不避其难”的态度，毅然赴难，在战斗中被乱军刀剑剁为肉酱。

[12] 羊岘，即羊公碑，在湖北襄阳的岘山上，是当地百姓怀念西晋著名政治家、军事家羊祜建立的。羊祜（221—278），字叔子，泰山南城人。都督荆州诸军事，屯田兴学，以德怀柔，深得军民之心。寇竹，雷州百姓怀念北宋政治家寇准的传说。寇准（961—1023），字平仲，华州下邽（今陕西渭南）人。两度入相，一任枢密使，出为使相。后贬雷州，死于贬所。相传灵柩运行至今湛江太平乡渡口时，遇雨停柩，县民插竹挂

纸钱以祭之。雨晴潮退，所插之竹生根成活，百姓称为寇竹，此渡遂叫寇竹渡。羊岘寇竹，借喻死者德高望重。

[13] 玄黄：指天地。

[14] 青冥，指上天。

耄戒[1]

蔡君谟[2]好茶，至老而不能饮，烹而玩之。吕济淑［叔］[3]好墨，年老而不能作字，磨而嚼[4]之。予观士大夫，年已衰耋，多畜婢妾，将烹而玩之也，抑或磨而嚼之，当作何计较耶？

［1］耄戒，目录作“耋戒”。

［2］蔡君谟，即蔡襄（1012—1067），字君谟，福建路兴化军仙游县人。北宋著名书法家、政治家、茶学家。天圣八年（1030 年）进士，曾任龙图阁直学士、翰林学士、端明殿学士等职，出任福建路转运使，知泉州、福州等府事。累赠少师，谥“忠惠”。

［3］吕济叔，即吕溱，字济叔，江苏扬州人，宋宝元元年（1038 年）状元。直集贤院，出知蕲、楚、舒三州，江宁知府。累官集贤院学士，加龙图阁直学士、开封知府。

［4］嚼，通“歠”，饮、吃。

议招抚郑芝龙[1]檄文

告尔海上诸君，事贵长计，业期久远。抗国威，毒民命，而得久远令终者，未之前闻。远则方腊、杨么、宋光［公］明[2]，近则吴鹏、林凤、林道乾[3]，一腔之血何在，万古之唾难收。前事不忘，可为永鉴，且佛家亦有冤业报应之说。昔恒河有鱼十万，被人毒死，而毒鱼食鱼之人，十万余种，一刻死钵盂中，虽佛力不能解免，况沿海居民，而可轻荼。其为冤业，酷于毒鱼又甚矣。显有天道国法，幽有地狱阿鼻[4]，即如今者嵌头陈氏之惨，安知诸君非前世受其诛戮，故轮回出世以报应乎？言之令人毛悚。

诸君虽当纷冗[5]，岂无清夜？试静思之。既不忘忠孝之心，何不为忠孝之事？既自负英雄之才，何不为英雄之举？曷为忠孝之事，劝谕诸众解散归家，见其父母妻子，各营生理。而官亦已出示，不复诘问。反侧可安，清福共享，无犯顺之非，泯招抚之迹，吉祥善事，计之上也。如欲招抚，亦宜泊舟外岛，按众不动，徐以介使直陈本意，若何封赏，若何安顿，若何解散，以待我之处分。商略已定，然后举行，亦计之得也。

而乃蹂躏内地，岂欲为武仲之要君[6]，王敦[7]之迫胁耶？诸君勿谓强众，又勿谓此间无人。自古有大发难，即有大杀手，出而荡平，特否运未开，则真才不显耳。今圣神握阿，朝野清明，即以悍逆之魏阉[8]，亦束手服药而毙。气运已转，真才亦将出现矣。镇、参、游、把诸武臣，诚不足任，然谢玄[9]以三千人而扼淝水之百万，刘锜[10]以六百人而破顺昌之数万，皆雅歌白面书生也，奚谓无人哉？又奚必武人哉？大抵劫数未满，则势焰如火，沃之不止；劫数已尽，则势冷如灰，一溃涂地。此必然之理，已事之验也。

曷谓英雄之举？台湾内接门户，外通诸夷，尽可南面称王其地。诸君既自负强力，何不效虬髯公[11]故事，一夕径入，为扶余国王。而后不忘本朝，奉我正朔，自当上请，遣使臣持节册封。部署诸众，分据要害，稍有缓急，亦可互为应援，英声如雷，洪业如山，此真正英雄举事也。抑又有利焉。台湾去内地不远，经商之人，可驿骆而至。如吕宋设为大明街市卖买，则台湾皆我之人，实于其中，物力益固，而后外与诸夷相为和市，其利亦不赀矣，何乐而计不出此？

诸君自谓不扰，而集众蹂躏，毕竟同归于扰；自谓欲抚，而局面布势，又似不欲即抚。忘桑梓之故丘则不孝，犯官军之雁行则不忠，结酷毒之冤业则不智，弃南面之王土则不武，窃为诸君不取也。檄到其早自为计，当另遣邑人登舟面议。诸君如有本怀，不妨往来以共成美事。须至檄者。

[1] 郑芝龙，里居、阅历见卷首《明太仓知州同安陈公传》注。

[2] 方腊、杨么、宋公明，均为宋代农民起义军领袖。宋公明，即宋江，字公明。

[3] 吴鹏，不详，当为明末海上武装首领。林凤，广东潮州人，明末海上武装首领。少时参加海上绿林泰老翁队伍，后继其业，以澎湖为基地，开拓海上贸易，于闽、粤沿海与官军周旋。后不知所终。林道乾，又名林悟梁，广东澄海（今潮州）人。明末海上武装首领。青年时曾为潮州小吏，因走私贸易，为朝廷所不容，遂聚众抗衡官军。嘉靖末年，常于南海活动，专以剽掠为务。后到达柬埔寨，被柬王任命为把水使。

[4] 阿鼻，梵语的译音，意为“无有间断”，即痛苦无有间断之意。地狱阿鼻，为佛教传说中八大地狱中最下、最苦之处。

[5] 纷冗，繁杂忙碌。

[6] 武仲，即臧武仲，姓臧孙，名纥，鲁大夫；要，要挟。武仲之要君，典出《论语·宪问第十四》，臧武仲拿他的封邑防，请求鲁君立臧之后人，孔子认为有要挟之意。要，有所倚仗而强求，即要挟之意。

[7] 王敦（266—324），字处仲，琅琊临沂（今山东临沂北）人。东晋权臣，

辅佐晋元帝司马睿建立东晋，任大将军，封汉安侯，权势极大，危及晋室，故司马睿重用刘隗等与之抗衡。永昌元年（322 年），王敦以诛杀刘隗为名，起兵攻入建康，是为王敦之乱。后晋室反击，王敦病逝。

[8] 魏阉，指魏忠贤（1568—1627），字完吾，北直隶肃宁（今河北沧州肃宁县）人，明朝末期宦官。明熹宗时期，出任司礼秉笔太监，极受宠信，被称为“九千九百岁”，排除异己，专断国政。朱由检继位后，打击惩治阉党，治魏忠贤十大罪，命逮捕法办，自缢而亡。其余党亦被肃清。

[9] 谢玄（343—388），字幼度，陈郡阳夏（今河南太康）人。东晋时期军事家，任建武将军、兖州刺史，领广陵相，监江北诸军事。淝水之战中，任前锋都督，遣将夜袭洛涧，首战告捷。继而抓住战机，用计使秦军后撤致乱，乘势猛攻，取得以少胜多的巨大战果。

[10] 刘锜（1098—1162），字信叔，德顺军（今甘肃静宁）人。南宋抗金名将，绍兴十年（1140 年），奉命驻守顺昌阻击南侵金兵。先是募敢死队夜里劫营，后是河中投毒，病倒金兵，继而出兵击退金军，阻遏其南侵的矛头，稳定了局势。

[11] 虬髯公，即虬髯客，传奇小说中的人物。少从师于昆仑奴，艺成后欲起兵图天下，与李靖、红拂结为兄妹。见李世民后自愧不如，悉以其家产赠于李靖夫妇，以佐真主，自己黯然离开。临行云：“此后十年，当东南数千里外有异事，是吾得事之秋也。”后有入奏其杀人扶馀国，自立为主。

出处大略

予六七岁，颇聪慧。先大人喜走马驰骋，以侠气游漳泉间。及见予慧，即置酒谢绝诸友人，曰："此后幸勿过邀也，吾杜门不出，将收拾封君事业[1]矣。"遂构一室，日夜随灯窗间。八九岁，文略成篇。十五六岁，无师友，独自闭户攻苦。但性不喜制义，惟笃好古文词。时举子业纯正，余独作奇崛语，人以野儒目之。惟吾师张环溪及刘凌苍先生击节称知己也。二十四始入泮[2]，凡试皆高等，人又刮目之矣。声价无定，殊可笑也。三十岁先大人见背[3]，三日口噤，犹牵予手以指画数十个"中"字。由今思之，真欲坠泪耳。

岁庚子[4]，破家入监[5]。原无百金之产，人又笑之，而孟浪举事，途次德州，几乎辍食。侨居都门共十五年，颇为冠盖[6]所推重。己酉岁[7]，室人入京相寻。至壬子[8]幸得一科，年已四十九矣。诸名公谬云："陈生若联捷，当以馆元待之。"癸丑[9]场中文字，大为诸公赞赏，而竟落第。自知才疏命薄，即欲就官，为群公所詈而止。

至丙辰岁[10]，决意就仕矣。乃选浙之萧山县令，意以为贫而仕，兄弟穷苦，可得微资以济之，且作生涯，倦思泉石，其本意也。忽起顿殊，不欲染润膏脂，将天故薄之耶，抑以厚之而使其弄得虚名耶？一副肝肠，首尾两别，弗获自由也。革去常例，简除罪赎。尝下午出堂连审三十五宗事状，只稍力[11]三名，笞罪[12]四名，馀蠲免，当堂即出审语也。不用差役，原告自拘，随到随审，并无隔宿，人称为"升米官司"。以其不烦伺候，持升米作午饭，便了了回家耳。所审之事，人谓之目睹情形，无称冤者，尽皆允服。至郡城，虽三尺童子，亦环呼曰"陈青天"、"陈半仙"也。节省夫马，严搜役弊，劝教孝弟，禁止投赖，尤加谨于盗贼。

杭州吴监生被劫，经年缉访不获。一日，晚堂无事，签差三人，往高桥某家可三十里，限二更尽、三更初到其门首，不许差迟时刻。有出门者即拿来，而三人略微哂以去，意其捕捉风影耳。果获挑担者三，诘之，则曰是所劫吴监生赃物，今夜将往镇江发卖。今为所获，真青天也，又是一包龙图，不敢逃罪矣。

有劫贼丁千斤带斧昼行，逢人即斫，差役皆莫敢近。设法擒之，地方以宁。有一死人被杀，且毁其形。经月无踪，乃疏著城隍，将易其像。夜即见梦，明朝拘到，不刑自招。人益神之，各监咸为有誉。

惟刘抚台[13]怪二事不为奉行，坚执忤其意旨。每岁四月例亲巡海，经过萧山，恣肆呵斥，非礼相加，予面争之曰："卑县若有赃罪，即逐离任，或者羁候听参。若犹未也，有何不完之事，有何可指之私，而不以礼待下乎?"声色俱壮。诸道尊陪巡者，目睹慨然，而朱按台[14]屡向人言："浙中吏治惟陈萧山第一，将首荐之。"故抚台暂且辍喙。乃戊午六月初四，按台不幸而没，即于初七日发府取罪款矣。时府张太尊[15]，即后来吾省左方伯[16]也，执不肯报。而屡强胁之，乃开单云："一本官自恃清品，不肯下人，少谦让之意；一本官自负才高，练熟世故，于一二移文不无忽略；一本官设法开河，不费公私一文，但道迂亦有略称不便者；一本官才学冠世，尘视功名，气高而不能柔。"抚台大怒，曰："此卓异[17]语也。"浙中当日以为美谈。至十一月入觐，自县前至西兴十余里，无论男妇老幼，排列香案跪送，而途为之塞矣。其士民商旅，多随到船边。递送夫价[18]，虽叩头力恳，一切不受。竟挂抚台露章[19]调简，而抚台亦即被劾以去。

己未[20]夏，补广之信宜县。五日不须出堂，间种花听鸟而已。年余调繁河源，乃司道交荐，欲以裁抑彼土之李巡抚乡绅云。李宦父子兄弟占人物业不可胜计，至以学宫为私室，另盖东南向以为己住屋右臂。按台面嘱："复学，估价千二百两，即当发下。"七月初四履任，初六日即毁其室，改复原学。至八月初六丁祭[21]，俱完工可行礼矣。仅费三百一二金，而其发下一千之数，悉以缴还。按台愕然怪，仍跃然喜也。凡所占人业产，悉追还原契，为之申详印照，以杜后根，而李宦恨入骨髓矣。其所据城濠广池阔沼中有积水之处，宽仅一席，四面以红旗为界，滚泡涌沸，突起水花，如山东泡泉，高二尺许。以小舟用铜盂承之，味甘而香，可供茶水。分送诸衙门，独靳[22]于予。一日，行经其处，左右白谓："此李家泡泉也。"戏指之曰："泉乃山川之灵，何为乱沸，以供凶人口腹哉？今后不许尔泡。"立刻止不泡，与池水无异，至今永罄竭无迹矣。此亦一奇事也。李宦益恨之。未几，擢守太仓。将离任时，皂快吏胥，皆系彼人，尽呼使去，惟孑然单车而已。百般谋劫杀之，幸人归天相，巧免有神。

而至州所，时年已六十矣，未有男嗣。忽起挂冠之想，加以逆侄唠嘈，宦情已倦，仅年余即自投劾[23]。适张按台[24]相厚，同年又深知予行，极力挽留，弗为动也。宦途八年，不改初度，不动一板，以追罪赎，未尝取市上一物。又未尝用一枷杻，囹圄阒如也。盖凡性情清苦者多苛刻，又有迟徊不决之病，事多淹滞。予自信不贪，而和煦恤人，措刑下声，弗敢轻为刻责，事至立决。曾靡停留，又众所共睹者也。惟是奸猾恶少，极意痛惩，而宦舍强干，尽法绳之，弗徇情面耳。屡考生童，一切秉公。有州科宦荐一童生，阅其卷，无毫厘之通，不为录送。渠大怒曰："何须州事，正当令府送道也。"时府寇太尊[25]乘间言之，即不受科官之嘱，曰："州既不录，府自难送耳。"童生微事，予亦太近执拗矣。第科宦以册封过家，张势横恣，目中无人，姑借此而折之。独张尚书讳辅之、李都院讳继祯[26]，端重无染，且敬爱予，咸曰："是吾直道中人也。"尚书公密托道尊，转致潘按台[27]，为予觅一荐剡[28]。按台回云："方吾巡太仓，坐正衙，洞开大门，而州官敢于门外唱板责吾二承差，放恣如此。特以其吏事廉明，姑宽恕之，尚欲求荐乎?”道尊以柬达于尚书公，方悉其事。所谓树德于人，而不使人知之者。

即予平生潇洒诙谐，不以家计为念，逢人即笑，故自号“道人”，而戏言之曰“笑道人”。拂衣之后，不衫不冠，露头曳履，散步城市中，嘻笑傲游，无礼法之拘。或以为议曰：“人正须立心何如耳，安用是拘拘为哉?”直言鹘突，面质人过，故在官触缙绅之忌，在家咈[29]乡绅子弟及衙役之意，而至于愚夫稚子、村野之夫，无论在官在家，皆为予念弥陀佛也。曩苏州同年张世伟[30]兄谓予言曰：“陈太仓洁身善政，亦为吾乡诸先生所畏，咸以其待吾辈刻薄，则群詈之曰：‘是其所短。’”然不有此短，何以遂吾之长耶!邑陈宾门[31]面语予曰：“德行、文学、政事之科，兄有其三，独言语短耳!然未知其心热口快，略无婉转忌讳者之果为短与为长也!”邑有利病，所宜条陈，不敢同于寒蝉。而海寇纷扰，则集众捍御，不辞总督之劳。昼侦海上，夜备城中，烦费亦多，惟方城曹父母[32]知予、仗予，至今犹感戴之。诸乡绅无一语慰劳予，亦不以挂舌端也。

予顾形履影，所自愧恨者二事：南方［风］不竞[33]，士习赌博，予亦为之，犹曰借口豪举，姑与俗溷耳。乃先大人绝恶此道，痛加责斥。背后不悛，迨其弃世，又加甚焉。逆父命犯博奕之戒，不罪之以不孝可乎，此一愧也。甲子告归，至辛未[34]春，有知爱者为铨部左堂[35]，以书劝予出山，而家人以窘乏之故，及诸弟兄耸踊予行。到京几选矣，忽然而归，空费资斧，至今债还未完。轻易浮躁，自同冯妇，此二愧也。

所自快心者，亦有二事：壮岁为文，下笔即就，不经思索，肆口之所欲言，自成文章。读之大笑，喷饭满案。无论工拙，心手相应，欣然自得，不须问人，此一快也。所著有《莲山集》及《语抄》、《学庸解》、《百篇诗》、《老来吟》诸稿。前后服官，无昧心之隐，无不可告人之事，幸不厌恶于人。去官已经多年，而人犹寄书弗辍。壬申[36]归自京师，舟过济宁，粮船拥[37]塞，有奉命官船，积六日不能寸移，舟人苦之。予令人倚棹大呼曰："是旧萧山，是旧太仓陈爷！"而舟人欣跃鼓舞，悉为寸拨寸移，直推至五里许，余官船皆不得从，此二快也。林伏二十余年，西山日近，聊书《出处大略》，使我后人悉之。盖实录云。

解曰：古人有言，廉吏可为而不可为。予处萧山、太仓，皆膏腴之地，不能自润，岁荒犹待买谷而供口也。朝夕困乏，安在廉吏之可为乎？予六十一岁，归来无子，望几绝矣。六十三举一子，七十二复举次子，天乎不使予无后耶！安知非彼苍之锡以相偿乎？今年八十有一矣，幸而娶妇抱孙，是晚景之乐也，廉吏又未始不可为矣。先圣有言：从吾所好，愿与同志者审择而处焉。

[1] 封君，封建时代因子孙显贵而受封典者，是朝廷给官员父母的一种荣誉，不属于正式的官员。收拾封君事业，指努力培养子孙成就科举功名，以图将来受封。

[2] 泮，即泮宫，古代学校称"泮宫"；入泮，科举时代学童入学为生员称为"入泮"。

[3] 见背，父母或长辈去世。

[4] 岁庚子，即万历二十八年（1600 年），时陈如松三十七岁。

[5] 监，指国子监，元、明、清三代国家设立的最高学府和教育行政管理机构，又称"太学""国学"。明代国子监学生的来源主要有两种，一类是官生，即品官的弟子。另一类是民生，由各地官府在当地的学校中挑选保送的。入监，旧时称进国子监读书为"入监"。

[6] 冠盖，原指官吏的冠服和车盖，引申为仕宦、贵官。

[7] 己酉岁，即万历三十七年（1609 年），时陈如松四十六岁。

[8] 壬子，即万历四十年（1612 年），时陈如松应为四十八岁，文中称四十九岁，当为虚数。

[9] 癸丑，即万历四十一年（1613 年），时陈如松四十九岁。

[10] 丙辰岁，即万历四十四年（1616 年），时陈如松五十三岁。

[11] 稍力，明代赎罪条例之等级名称。稍力者，视做工年月为折赎。

[12] 笞罪，应受笞刑的罪行。

[13] 刘抚台，即刘一焜，字元丙，号石闾，江西南昌人。万历二十年（1592年）进士。四十二年（1614年），擢都察院右佥都御史，巡抚浙江。详见卷首“著者小传”《明太仓知州同安陈公传》注。

[14] 朱按台，即朱阶，万历三十二年（1604年）进士，万历四十五年（1617年）四月任巡漕御史，巡按浙江。

[15] 府张太尊，即张鲁唯，字宗晓，苏州昆山人。明万历四十一年（1613年）进士，授刑部主事，迁员外郎。万历四十六年（1618年）正月出任绍兴知府，后迁浙江按察司副使分守道，转河南参政，迁浙江左布政使。改福建左布政使，致仕。

[16] 方伯，明清用作对布政使的尊称；左方伯，即左布政使。

[17] 卓异，吏部定期考核官吏，政绩突出、才能优异者为“卓异”。

[18] 递送夫价，派遣传递东西或传达事情的人。

[19] 露章，公开奏章纠举内容，让被弹劾的人知道而服罪。

[20] 己未，即万历四十七年（1619年），时陈如松五十六岁。

[21] 丁祭，又称“祭丁”，为祭孔之礼。于每年阴历二月、八月第一个丁日祭祀孔子。

[22] 靳，不肯给予。

[23] 自投劾，指古代臣子给皇帝上书弹劾自己，请求卸任官职。

[24] 张按台，即张文熙，字灿衡，号孕白，河间府景州（今河北景县）人。明万历四十年（1612年）、四十一年（1613年）连捷进士。授山东乐安知县，补东阿知县，钦取浙江道监察御史。天启三年（1623年）六月，遣任苏松巡按御史。官至太仆寺正卿。

[25] 府寇太尊，即寇慎（1577—1659），字永修，号礼亭，自号礿祤逸叟，陕西同官（今铜川市）人。万历四十四年（1616年）进士，授刑部主事，升工部虞衡司郎中。天启三年（1623年）出任苏州知府。崇祯元年（1628年），补广平知府，迁山西按察司副使昌平兵备道。后任山西布政使参议，分守朔州。

[26] 张尚书讳辅之，即张辅之（1547—1629），字子赞，江苏太仓人。万历十四年（1586年）进士。授行人，擢工科给事中。历礼兵二科都给事

中、太仆太常寺卿。晋工部右侍郎、工部尚书。李都院讳继祯，即李继祯，字征尹，江苏太仓人，万历四十一年（1613 年）进士。除大名推官，历兵部职方主事、武选员外郎、职方郎中、顺天府丞。卒后于崇祯十七年（1644 年），赠都察院右都御史。

[27] 潘按台，当为潘云翼，山西平阳人。万历四十一年（1613 年）进士，天启初年巡按直隶监察御史。

[28] 荐剡，指推荐人的文书，引申作推荐。

[29] 咈，违背、违逆。

[30] 张世伟（1568—1641），字异度，苏州府吴江人。明万历四十年（1612 年）顺天乡试中举人，屡应会试不第。砥行植节，与同里周顺昌、文震孟、姚希孟、朱陛宣，称吴门五君子。乡人称孝节先生。

[31] 陈宾门，即陈基虞，号宾门，里居、阅历见本卷《文学王日近暨配陈孺人行状》注。

[32] 方城曹父母，即同安知县曹履泰，里居、阅历见《浯卿陈氏世谱·廉》注。

[33] 南风不竞，指赌博风气，见本卷《辞不赴乡饮启状》注。

[34] 辛未，即崇祯四年（1631 年），时陈如松六十八岁。

[35] 铨部，古代主管选拔官吏的部门。明代文官归吏部，故常以“铨部”指吏部。左堂，即左侍郎，为六部长官之副。

[36] 壬申，即崇祯五年（1632 年），时陈如松六十九岁。

[37] 拥，通“壅”。堵塞。

补　　遗

议重建陈卿大宗祠堂引言[1]

浯洲开山之始，以吾宗为首称。今日凌替[2]之后，以吾宗为愧称。而其祠堂颓损亦久，所谓人与屋俱坏也。《书》称“梓材”[3]，盖默以荷负堂构之思[4]，祈望后人宁独以室哉！然修庙之礼，自天子诸侯达于庶人，每岁举行。而今吾子孙累世不能修之，况孝思之大者哉！因小以征大，因堂构而思克家[5]，此后盖不可以已也。

如松始在萧山时，力能任之，而无可付以经始者。去官数年，屡挂胸臆，而贫宦萧索，则又无其力矣。远念昔贤敦宗尊祖之盛事，真汗洽愧死耳。然积毛成裘，累粒成斛，百夫扛鼎，无弗举也。吾宗子孙肯协力齐奋，以共襄厥事。富者出财，贫者出力，不论锱两[6]，不分支派，则如松敢操版，负畚当先以首居前茅。或不得已，上坑有渔利，岁所出几何，乞量移一岁以相周。盖在上坑固为必出之费，而以相资，则亦仁孝之事也。因并书之。

崇祯八年正月吉旦，仍孙如松谨题

[1] 录自《浯卿陈氏世谱》，本文乃陈如松为金门下坑陈氏重新修建宗祠时所作之文。

[2] 凌替，衰败。

[3]《书》，即《尚书》；梓材，指优质的木材。《尚书·周书》有篇名《梓材》，其中“若作梓材，既勤朴斫，惟其涂丹雘”句，孔安国传：“为政之术，如梓人治材为器。”

[4] 堂，指建在高台上的宅基；构，是盖房屋。堂构，语出《书·大诰》："若考作室，既厎法，厥子乃弗肯堂，矧肯构。"后用以喻祖先的遗业。

[5] 克家，本指能承担家事，引伸为能继承家业。

[6] 锱，古代很小的重量单位；两，也是很小的计量单位。锱两，意思是很少的小钱。

陈白南如松先生年谱

陈 峰 编撰

陈如松，字白南，一字时长，自号笑道人，明代福建同安从顺里西浦人（今厦门市同安区西柯镇西浦自然村），祖籍同安县翔风里下坑（今属金门县），同安翔风里下坑陈氏十五世孙。

太祖父陈光亮，南海公陈光显堂弟，同安翔风里下坑陈氏九世孙。生于元至正六年（1346 年），卒于明洪武三十一年（1398 年）。妣黄氏，生子四：致隆（字本乾）、致雍、致旺、致睦（字本初）。

高曾祖父陈致雍，陈光亮次子，同安翔风里下坑陈氏十世孙。生于洪武六年（1373 年），卒于正统九年（1444 年）。永乐二十年（1422 年）由同安翔风里下坑迁居同安从顺里西浦，为西浦陈氏开基祖。妣孙氏，生子二：继猷（字绳道）、同猷。妾洪氏，生子二：添猷（字资道）、英猷（字雄道）。

高祖父陈同猷，字安道，别字隐翁，陈致雍次子，同安翔风里下坑陈氏十一世孙。生于永乐五年（1407 年），卒于成化十七年（1481 年）。随父迁居西浦，开支西浦派。妣许氏，生宽应（字尚炯）；妾洪氏，生宽信。

曾祖父陈宽信，字尚立，陈同猷次子，同安翔风里下坑陈氏十二世孙。妣宋氏，生子二：璘（字宗润，号恬轩）、宗泽。

祖父陈宗泽，号巽轩，陈宽信次子，同安翔风里下坑陈氏十三世孙。生子二：世聘、世征。

父陈席珍，字世聘，别号逸吾，陈宗泽长子，同安翔风里下坑陈氏十四世孙。生于嘉靖十三年（1534 年），卒于万历二十二年（1594 年）。因子贵，敕赠文林郎、广东惠州府河源县知县。

前母洪氏，赠太孺人，无出。生母苏氏，封孺人，生子四：如松、如楚、如柷、如桤；生女三。

弟陈如楚，字时楚，陈席珍次子。

弟陈如柷，字时灼，由庠生捐监生，陈席珍三子。

弟陈如桤，字时凯，陈席珍四子。

明嘉靖四十三年（甲子，1564 年） 一岁

陈如松出生。

同乡友李璋出生。李璋，字振载，号象明，福建同安驿路（今厦门市同安区大同街道西安社区一带）人，李春芳之子。

明嘉靖四十四年（乙丑，1565 年） 二岁

同乡友陈基虞出生。陈基虞，字志华，号宾门，福建同安阳翟（今属厦门同安区）人。

明嘉靖四十五年（丙寅，1566 年） 三岁

十二月，嘉靖帝朱厚熜去世，庙号世宗。

明隆庆元年（丁卯，1567 年） 四岁

世宗朱厚熜之三子、裕王朱载垕继位，改元隆庆。

明隆庆二年（戊辰，1568 年） 五岁

表舅李文简登进士，授无为州知州。李文简，字志可，号质所，福建同安山边（今海沧区东孚街道山边村）人，陈如松生母苏氏之表兄弟。嘉靖三十七年（1558 年）举人。

明隆庆三年（己巳，1569 年） 六岁

明隆庆四年（庚午，1570 年） 七岁

父陈席珍见如松颇聪慧，遂谢去交游，曰：“此后幸勿过邀也，吾杜门不出，将收拾封君事业矣。”专辟一室，闭门专致课子，日夜随灯窗间。

同乡友许獬出生。许獬，原名行周，字子逊，号钟斗，福建同安后浦（今属金门县）人。

明隆庆五年（辛未，1571 年）　八岁

作文略能成篇。

明隆庆六年（壬申，1572 年）　九岁

同乡友蔡献臣随父蔡贵易宦游于崇德任所，亲受课业。蔡献臣，字体国，号虚台，别号直心居士，福建同安县翔风里平林村（今属金门县）人。嘉靖四十二年（1563 年）生，长如松一岁。

六月，隆庆帝朱载垕去世，庙号穆宗。穆宗朱载垕第三子朱翊钧继位，次年改元万历。

明万历元年（癸酉，1573 年）　十岁

张居正改革，建立章奏考成法，澄肃吏治，提高各衙门办事效能。

明万历二年（甲戌，1574 年）　十一岁

同乡友林一柱出生。林一柱，字廷郢，号朴所，福建同安东市（今同安区五显镇东市村）人。

明万历三年（乙亥，1575 年）　十二岁

读书家中。

明万历四年（丙子，1576 年）　十三岁

读书家中。

明万历五年（丁丑，1577 年）　十四岁

同乡友蔡复一出生。蔡复一，字敬夫，号元履，福建同安翔风里蔡厝（今属金门县）人。

明万历六年（戊寅，1578 年）　十五岁

在家闭户攻读。不喜制义，见之辄掷不观，曰：“此三家村买牛券耳。”唯笃好“古文辞”。

明万历七年（己卯，1579 年）　十六岁

读书家中。

明万历八年（庚辰，1580 年）　十七岁

是年，世交王道显中举人。王道显，字当世，号瞻明，福建同安南亭人。王三锡之长子，王道照之兄。

明万历九年（辛巳，1581 年）　十八岁

读书家中。

明万历十年（壬午，1582 年）　十九岁

六月二十日，内阁首辅张居正逝世，年五十八岁。人亡政息，其推行之改革措施渐渐付之东流。

明万历十一年（癸未，1583 年）　二十岁

是年，世交王道显中进士。后授台州司理。

明万历十二年（甲申，1584 年）　二十一岁

读书家中。

明万历十三年（乙酉，1585 年）　二十二岁

读书家中。

明万历十四年（丙戌，1586 年）　二十三岁

读书家中。

明万历十五年（丁亥，1587 年）　二十四岁

经岁试，由童生入学为生员。凡试皆高等。

明万历十六年（戊子，1588 年）　二十五岁

八月，同乡友蔡献臣、陈基虞参加福建乡试，中式举人。时同安籍登榜者有十一人，其中金门有八人，有“八鲤渡江”之美誉。

明万历十七年（己丑，1589 年）　二十六岁

春，同乡友蔡献臣、陈基虞中进士。时同安籍登榜者有七人，其中金门有五人，除蔡献臣、陈基虞外，还有蔡懋贤、蒋孟育、黄华秀，时称“五桂联芳”。

六月，挚友蔡献臣授刑部山东司主事。

明万历十八年（庚寅，1590年） 二十七岁

是年，同乡友陈基虞授萧山知县。

明万历十九年（辛卯，1591年） 二十八岁

明万历二十年（壬辰，1592年） 二十九岁

年初，同乡友蔡献臣升任南京兵部职方司员外郎。不久，升车驾清吏司郎中。

冬，蔡献臣请三年假归里。归途中获命，转任南京吏部文选清吏司郎中。

明万历二十一年（癸巳，1593年） 三十岁

父亲陈席珍逝世，终年六十岁。临终前口噤不能言，犹牵如松之手，以指画数十个“中”字。

九月，世交王道显由山东佥事升为云南右参议。

明万历二十二年（甲午，1594年） 三十一岁

八月，同乡友蔡复一参加福建乡试，中式举人。

明万历二十三年（乙未，1595年） 三十二岁

三月，同乡友蔡复一联捷进士，授刑部主事。

明万历二十四年（丙申，1596年） 三十三岁

春，同乡友蔡献臣入金陵，再补原官南京吏部文选清吏司郎中。

明万历二十五年（丁酉，1597年） 三十四岁

世交王道照乡试未中，南归。王道照，字恒甫，号日近，福建同安南亭人。为世交王道显之弟，同乡友蔡献臣姑妈之次子，生于明嘉靖三十一年（1552年）。

明万历二十六年（戊戌，1598年） 三十五岁

七月十三日，世交王道照病逝，终年四十七岁。应请作《文学王日近暨配陈孺人行状》，蔡献臣亦作《祭王日近表兄文》。

明万历二十七年（己亥，1599年） 三十六岁

明万历二十八年（庚子，1600年） 三十七岁

由廪生选拔，贡入国子监读书。自称“破家入监，原无百金之产，人又笑之。而孟浪举事，途次德州，几乎辍食。”自此侨居北京十余年。

秋，同乡友蔡献臣补北京礼部主客清吏司郎中。

同乡友陈基虞奉命以南雄府推官代理新会知县，处理新会县“倒县”民变事件。

明万历二十九年（辛丑，1601年） 三十八岁

三月，同乡友许獬会试居榜首，殿试高中二甲第一名。授翰林院庶吉士，旋改翰林院编修。

五月，世交王道显起为浙江右参议。

同乡友李璋卒于吴江主簿任上，终年三十八岁。

明万历三十年（壬寅，1602年） 三十九岁

九月，同乡友蔡献臣转任礼部仪制司郎中。

明万历三十一年（癸卯，1603年） 四十岁

读书国子监。

明万历三十二年（甲辰，1604年） 四十一岁

春，梦红莲一朵，自天而下，忽落怀中，因名所居之室曰“莲山堂”。

冬，应约游山东陵县神头镇东方朔故里。为康丕扬刊刻的《东方先生文集》作《东方集后叙》。康丕扬（1552—1632），字士遇，号骧汉，山东陵县（今山东德州市陵城区）人。明万历二十年（1592年）进士，官至辽阳巡按兼学政。选家乡陵县先贤东方朔真品精华，编成《东方先生文集》并作序。东方朔，字曼倩，西汉时期著名的文学家，一生著述甚丰。

明万历三十三年（乙巳，1605年） 四十二岁

读书国子监。

明万历三十四年（丙午，1606年） 四十三岁

八月，同乡友林一柱中举人。

同乡友许獬逝世，年仅三十七岁。葬于翔风十九都山前乡。

明万历三十五年（丁未，1607年） 四十四岁

同乡友蔡献臣加衔湖广按察司按察使。

明万历三十六年（戊申，1608年） 四十五岁

读书国子监。

明万历三十七年（己酉，1609年） 四十六岁

是年，妻林氏由家乡入京寻亲侍读。

明万历三十八年（庚戌，1610年） 四十七岁

三月，同乡友林一柱登进士第。

八月，世交王道显由浙江宁波海道参议加升为副使，仍旧管兵巡道事。

是年，同乡友蔡献臣因被查降调而辞官归乡，读书同安东山草堂。

明万历三十九年（辛亥，1611年） 四十八岁

读书国子监。

明万历四十年（壬子，1612年） 四十九岁

六月，世交王道显由浙江参政升为湖广按察使。

八月，参加顺天乡试，中举人。

乡试间，结识同时中举的同年友张世伟。张世伟，字异度，苏州府吴江人，明隆庆二年（1568年）生。中举后屡应会试不第。

明万历四十一年（癸丑，1613年） 五十岁

春，赴京参加会试。场中文字大为诸公所赞赏，而竟落第。自知才疏命薄，即欲就官，为诸公所劝止。

是年，同乡友陈基虞任廉州府知府。主持建造廉州文昌塔。

明万历四十二年（甲寅，1614年） 五十一岁

冬，自越归家。生活贫困，无可居之处，遂择祖居东侧原作为牛羊圈的老屋，扫除粪秽，以乱纸糊其四壁，整为两间居所。一间安置其弟如柷，使之读书其中；一间以自居，而坐卧饮食尽在一室。为此作《陋室记》以记之。

是年，同乡友陈基虞任顺德府知府。后官至广东按察司副使。

刘一焜擢都察院右佥都御史，巡抚浙江。刘一焜，字元丙，号石间，江西南昌人，万历二十年（1592 年）进士。初授行人，历任吏部郎中、太常寺少卿，加提督四夷馆。

明万历四十三年（乙卯，1615 年） 五十二岁

春，再赴会试，仍落第。

六月，同乡友蔡复一调任浙江按察使。

十一月，同乡友蔡献臣起补浙江巡海道右参议，抵达杭州就任。

明万历四十四年（丙辰，1616 年） 五十三岁

屡试不第，决意就仕，乃选得浙江萧山知县，赴任。

冬，萧水东走易涸，邑人商议欲南徙河道。主持改河之事，于霪头闸横筑一拦水堤坝，以防潮患。再开双河塍通运河，令城河之水南流，经大通桥再折向东流，以便舟楫。阅两月改河事竣，于河上建桥三座，总共耗费七百余金。为此作《萧山县改河记》以记之。

改河工程完成后，于大通桥对岸拓地建一座七级砖塔，虽费至千金，然未尝耗费府库钱财。为此作《大通桥建塔记》。

欲集天下之塔为塔谱，而见闻未周，恐多遗漏，未果，作《塔记》二则记之。

明万历四十五年（丁巳，1617 年） 五十四岁

任职萧山知县。

勤于问政鞫案，日登堂听事，尝下午出堂连审三十五宗事状，当堂即出审语。

四月，原巡漕御史朱阶，巡按浙江。朱阶，万历三十二年（1604 年）进士。

是年，同乡友蔡献臣由浙江右参议升任浙江按察司提学副使。

故陈如松有“颖属”之说。

是年，友黄国鼎逝世。作《黄太史别传》，称：“予受知于黄太史最深，又加恩焉，故其知太史亦深。太史没于家，予在萧山，追想其饮食笑处，及腑肺相示之言，泣且洟洟也。”黄国鼎，字敦柱，号九石，福建晋江人。明万历二十六年（1598年）进士，选庶常，授编修，历右春坊右庶子兼侍读。万历四十年（1612年）回籍。

明万历四十六年（戊午，1618年）　五十五岁

任职萧山知县。

不愿阿附浙江巡抚刘一焜，为其所憎。每年四月例亲巡海，途经萧山，辄借口公事不为奉行，恣肆呵斥，非礼相加。因不服而自辩，刘一焜愈加憎恨。时巡按浙江的御史朱阶评价称：“浙中吏治惟陈萧山第一，将首荐之。”故刘一焜不敢随意弹劾。

六月初四日，巡按朱阶不幸而殁，刘一焜即于初七日发檄绍兴知府，令其罗织罪状。绍兴知府张鲁唯执不肯报，而屡强胁之，乃具实上报称：“一本官自恃清品，不肯下人，少谦让之意；一本官自负才高，练熟世故，于移文不无忽略；一本官设法开河，不费公私一文，但道迂亦略有称不便者；一本官才学冠世，尘视功名，气高而不能柔。”刘一焜见此大怒，曰：“此卓异语也。”终为其所劾。张鲁唯，字宗晓，苏州昆山人。明万历四十一年（1613年）进士，授刑部主事，迁员外郎。万历四十六年（1618年）正月出任绍兴知府，后迁浙江按察司副使分守道，转河南参政，迁浙江左布政使，改迁福建左布政使。

十一月，入觐。临行，萧山男妇老幼排列香案跪送。

明万历四十七年（己未，1619年）　五十六岁

春，赴京师呈上计文书，报告地方治理状况。

于京师偶见篆纹彝器，购之置于斋头把玩，作《彝器铭》以记。

夏，补广东信宜知县。

秋，自萧山归同安。为诸弟析分祖产宅舍，留其祖父陈宗泽的房屋辟为祠堂，题为“瑞兰堂”。作《瑞兰堂记》，祈望子孙纫佩祖德，无忘《甘棠》之意。

是年，为同乡洪近五所建的鸣和堂作赞。

年底，赴信宜任职。

泰昌元年（庚申，1620年）　五十七岁

信宜任上，政闲无事，竟可五日不须出堂，种花听鸟而已。

二月，同乡友蔡献臣赴光禄寺少卿途中病倒，告假返回同安养病。

调繁广东河源知县，乃司道推荐，欲抑裁曾任巡抚之邑绅李某。李某父子兄弟占邑人物产不胜计，据学宫东南隅为自家翼室，河源历任知县皆慑其势力而不敢过问。故巡按拨出白银一千二百两，令收回学宫，先行复学。

七月初四日，履任河源，即着手处置李某霸占学宫之事。

七月初六日，毁其翼室，规复学宫旧制。

八月初六日，学宫修复峻工，如期于丁祭日举行祭祀孔子之礼。整个工程仅费银三百余两，其发下一千二百两白银，悉数缴还。

李某所占民业，悉追回原契，归还其主，并为申详印照，以杜后根。李某恨之入骨，多次企谋劫杀，贵人自有天相而幸免。

七月，万历帝朱翊钧去世，庙号神宗。

八月，神宗朱翊钧长子朱常洛继位，改元泰昌。在位仅一个月即病逝，庙号光宗。光宗朱常洛长子朱由校继位，次年改元天启。

中秋，作《四宝约》。“四宝”者，即笔、墨、砚、纸也。

九月，有徭人活捉蚺蛇，刳其胆以进献。因有感焉，作《蚺蛇说》一篇。

迁苏州府太仓州知州。离任时，县衙皂快胥吏皆被李某唤走，不准送行。

明天启元年（辛酉，1621年） 五十八岁

任职太仓州知州。

明天启二年（壬戌，1622年） 五十九岁

任职太仓州知州。

三月，同乡友蔡献臣病痊，起为原任的光禄寺少卿。

三月，忘年友郑之玄中进士。有《与太仓州陈年丈书》，举荐扬州顾所建。郑之玄（1590—1633），字太白，又署大白，福建晋江人。是年中进士，授检讨。

是年，同乡友蔡复一以右副都御史抚治郧阳。时奢崇明、安邦彦反，贵州巡抚战死，故又进兵部右侍郎兼贵州巡抚。

明天启三年（癸亥，1623年） 六十岁

任职太仓州知州。

疏通太仓城壕，长二千四百四十丈，面阔八丈，底阔六丈，加深六尺，详支府银计民七军三充费。

是年，生母苏氏敕封孺人。

闰十月，同乡友蔡献臣上任仅半年，又请假辞朝南归。

明天启四年（甲子，1624年） 六十一岁

任职太仓州知州。

主持生童科考试，有州科宦某荐一童生，阅其试卷，无毫厘之通，不为录送。宦某发怒，曰："何须州事，正当令府送道也。"时苏州知府寇慎不受科官之嘱，曰："州既不录，府自难送耳。"寇慎（1577—1659），字永修，号礼亭，自号祋祤逸叟，陕西同官（今铜川市）人。万历四十四年（1616年）进士，授刑部主事，升工部虞衡司郎中。天启三年（1623年）出任苏州知府。崇祯元年（1628年），补广平知府，迁山西按察司副使昌平兵备道。后任山西布政使参议，分守朔州。

是年，卸太仓州知州职，告归。

是年，同乡友蔡复一代杨述中总督贵州、云南、湖广军务，兼巡抚贵州。赐尚方剑，便宜从事。

明天启五年（乙丑，1625年）　六十二岁

归田，居同安。

葬父陈席珍于同安西郭外之桐屿山，自撰《敕赠文林郎广东惠州府河源县知县考君逸吾志铭》以志之，自称："以子铭父兮，自松始。"

改葬前母洪氏于安岭之玉仑山。

十月，挚友蔡复一病逝于平越（今贵州福泉市）军中，终年四十九岁。赠大司马，赐祭葬，谥清宪，荫一子，祠乡贤。葬于同安小盈岭大房山（今翔安区内厝镇后垵村沙溪水库北侧）。撰有《楚愆录》、《楚愆摘录》、《督黔疏草》、《遁庵全集》等传世。

作《哀元履蔡道兄词》以悼挚友蔡复一。

冬，曹履泰莅任同安知县。曹履泰（？—1648），字大来，号方城，浙江盐官（今海盐）人。当年中进士，授同安知县。

十二月，同乡友林一柱逝世，终年五十二岁。

明天启六年（丙寅，1626年）　六十三岁

是年，长子陈延嵩出生。

是年，于家乡西浦池旁，构一小亭，坐卧其中，以作晨门荷蒉之隐，且撰《仿元亭记》以记之。

正月，同乡友蔡献臣被推为南京太常寺少卿，然因魏忠贤矫旨，遂赋闲于家。

春，海商武装集团郑芝龙入侵厦门岛。郑芝龙（1604—1661），字飞皇，原名一官，福建南安石井镇人，明末清初东南沿海最大的海商兼军事集团首领。发迹于日本平户，聚众出没东南沿海。后离开日本到台湾建立根据地，设官建置，形成初具规模的割据政权。

应同安知县曹履泰之请，作《议招抚郑芝龙檄文》，以招抚郑芝龙。其时，郑芝龙气势日炽，屡败明都督俞咨皋，逼近中左所城。明政府无力剿灭，便转而招安。曹履泰参与其事，用战、守、招安、解散、诱购等办法招抚郑芝龙及其他海上武装。

明天启七年（丁卯，1627年）　六十四岁

八月，天启帝朱由校去世，庙号熹宗。光宗朱常洛第五子、熹宗朱由校异母弟朱由检继位，次年改元崇祯。

九月，明都督俞咨皋联合荷兰舰队攻击郑芝龙海商武装，战于海上。结果明军与荷军败北，郑芝龙乘胜长驱，于十二月间突入中左所。俞咨皋，字克迈，抗倭英雄俞大猷的儿子。万历三十七年（1609年）中武举，因父功袭卫指挥佥事，治军海坛（今平潭）。后累官至福建总兵。因围剿郑芝龙败北，被逮捕下狱。

十月二十四日，生母苏孺人卒于正寝，享年八十四岁。

明崇祯元年（戊辰，1628年）　六十五岁

葬生母苏孺人于同安莲花峰之牛山湖，自撰《明敕封孺人陈母苏氏志铭》以志之。

七月，郑芝龙就抚于福建巡抚熊文灿，率部降明。诏授海防游击，任“五虎游击将军”，离开他多年经营的海上贸易根据地台湾，坐镇闽海，并奉命进剿其昔日同党李魁奇、钟斌等。后官至总兵。

明崇祯二年（己巳，1629年）　六十六岁

居同安。

李、钟等海盗猖獗，郑芝龙退守中左所。

明崇祯三年（庚午，1630年）　六十七岁

七月，荷兰舰队侵扰中左所，炮击厦门港内海岸守军船只。因妻族居于海滨，是时访亲，夜宿海上。方就寝，突闻炮声四响，惊起问之，才晓是荷夷侵入。因之作《海上》一文，回首为诸生时读书其处，笔研之余，赤脚弄波之趣，感慨“造物之违人愿如此”。

明崇祯四年（辛未，1631年）　六十八岁

春，吏部左侍郎来信劝再出仕，诸位弟兄怂恿赴京候选。蔡献臣作《送陈白南太仓赴京谒补》七律诗一首相送。然此行空费盘缠而一无所获。

族叔陈洪谧中进士。陈洪谧（1600—1668），字龙甫，号默庵，福建晋江人。授南京户部主事，管北新关，迁员外郎。

明崇祯五年（壬申，1632年）　六十九岁

是年，谒补未成，自京师雇船南归，行至济宁，河道为粮船所塞，六日不能移舟。遂令船工于船头呼喊“是旧陈萧山，是旧陈太仓老爷”，粮船舟人闻之，纷纷为之寸拨寸移，将客船送出五里外。

行经济宁，泊舟于仲夫子故居仲家浅（今济宁市微山县鲁桥镇仲浅村），徘徊之际，感敬并生，作《过仲家浅记》以记之。仲夫子，即仲由（前542—前480），字子路，鲁国人。以政事见称，为人伉直，好勇力，跟随孔子周游列国，为“孔门十哲”之一，受儒家祭祀。

明崇祯六年（癸酉，1633年）　七十岁

居同安。

五月，旧谷已尽，新谷尚未上市，家中缺粮，几近悬釜。向邻人林太宇借得新谷一石，感慨万分，遂作《借谷》一文以记之。

挚友蔡献臣之长子蔡谦光以贡生赴北京春闱。蔡谦光（1585—1636），字裒卿，福建同安平林（今属金门）人，邑诸生，以荫入监。著有《干云斋诗初集》。

曾为蔡谦光的诗集作序，称：“今裒卿持此胜场，而近作尤工。惜敬夫不及见之，亦当拜下风，何况于予。”

十月二十二日，明军舰队与荷兰舰队交战于金门东海岸料罗湾。明军舰队以郑芝龙部队为先锋，顺东风两路突击，采用火海战术，重挫荷夷与刘香海盗联合舰队，将其驱出中国沿海。

明崇祯七年（甲戌，1634年）　七十一岁

居同安。

明崇祯八年（乙亥，1635年）　七十二岁

正月，作《议重建陈卿大宗祠堂引言》，倡议重新修建金门下坑陈氏大宗祠堂。

应友李璋之子、学生李偕龙之请，为其祖父李春芳的《白鹤山存稿》作序，题为《白鹤遗集叙》。蔡献臣、池显方亦同时作序。蔡序题为《李东明公白鹤山存稿序》，池序题为《白鹤山稿序》。李春芳（1524—1565），字实夫，号东明，同安县驿路人。嘉靖二十九年（1550年）进士，初授户部主事，后出守潮州。《白鹤山存稿》乃其遗作，其孙李偕龙于是年为之刊刻。

是年，次子陈崇鼎出生。

明崇祯九年（丙子，1636年）　七十三岁

族叔陈洪谧出任苏州知府。后晋太仆寺少卿，官至兵、礼两部侍郎。

明崇祯十年（丁丑，1637年）　七十四岁

居同安。

明崇祯十一年（戊寅，1638年）　七十五岁

正月十四日，因连年用兵，财源匮乏，明廷从工科给事中傅元初所请，开福建海禁，通商佐饷。

明崇祯十二年（己卯，1639年）　七十六岁

居同安。

明崇祯十三年（庚辰，1640年）　七十七岁

居同安。

明崇祯十四年（辛巳，1641年）　七十八岁

九月，同乡友蔡献臣逝世，享年七十九岁。钦赐祭葬，葬于前街后山。撰有《四书合单讲义》、《仕学潜学讲义》、《勘楚纪事》、《清白堂稿》等传世。

作《告奠虚台先生词》，以祭奠挚友蔡献臣。

是年，同年友张世伟逝世，享年七十四岁。

明崇祯十五年（壬午，1642年）　七十九岁

是年，朝廷追赠蔡献臣为光禄寺常卿，晋赠刑部右侍郎，荫一子。祀乡贤。

明崇祯十六年（癸未，1643 年）　八十岁

是年，同乡友陈基虞逝世，享年七十八岁，葬于十二都山后陈。撰有《客斋诗话》传世。

明崇祯十七年（清顺治元年，甲申，1644 年）　八十一岁

三月十九日，李自成陷北京，崇祯皇帝自缢于煤山。明朝亡。

四月初九日，清多尔衮统率大军，出师中原。李自成东征御清失败，退出北京。

五月初三日，福王朱由崧监国于南京，南明政权由此建立。

五月十五日，福王朱由崧即皇帝位，年号弘光。

十月初一日，顺治行定鼎登基礼，在关内确立清皇朝中央政权。

是年，完成个人文集《莲山堂文集》的编撰，前有自序，后有自述《出处大略》，皆署“崇祯十七年甲申”，盖怆怀故国之意。

是年，八十四岁族祖婶何太安人寿辰，应陈氏诸昆子姓之请，作《寿太安人何婶母八十有四序》以贺。何太安人，族叔陈洪谧之母。

明隆武元年（清顺治二年，乙酉，1645 年）　八十二岁

五月十五日，清军进入南京。

五月二十二日，弘光帝朱由崧于芜湖被叛将献给清军，弘光政权灭亡。

六月，唐王朱聿键立于福州，改元隆武。族叔陈洪谧与蒋德璟、林欲楫、黄景昉同时被召用，加文渊阁大学士。

明隆武二年（清顺治三年，丙戌，1646 年）　八十三岁

清军入福建，隆武帝在汀州被掳，绝食而亡。

明永历元年（清顺治四年，丁亥，1647 年）　八十四岁

八月初一日，妻林氏逝世，封恭人。

九月初五日，逝世。与妻合葬于从顺里西浦朴珩。

子三：

长子陈崇潜，由弟如柷次子过继。

次子陈延嵩，又名万舍，字崇石，庠生。

三子陈崇鼎，又名阁舍。

孙八：

陈克庚、陈克桐、陈克榆、陈克侃、陈兴、陈六，陈崇潜生。

陈是，陈延嵩生。

陈享，陈崇鼎生。

遗作有《莲山堂文集》、《语抄》、《学庸解》、《百篇诗》、《老来吟》，除《莲山堂文集》外，皆散失不传。

后　　记

陈如松的《莲山堂文集》，刊刻于明崇祯十七年（1644 年），而后湮没不可考。若不是民国七年（1918 年）同安乡贤陈延香据其父珍藏之抄本重新刊刻，陈如松的此份仅存文字恐怕早已是灰飞烟灭，无迹可觅了。陈如松尝著有《语抄》、《学庸解》、《百篇诗》、《老来吟》诸稿，谅是当时未及刊刻，或缺欠有心之士，如今未曾留下片纸。所以说，“人固藉文章以传，文章亦有时藉人而传”，此话有些道理。诸多先贤之道德文章，能够历尽战乱、灾荒而留存下来者，常常是有心之士所作所为。《莲山堂文集》如此，明末郑得潇的《定云楼遗集》亦是如此，均为陈延香在坊里搜得遗著抄本，整理刊行。再上溯前清，则有金门林树梅刻意搜寻明末抗清忠臣卢若腾的著述，并亲自校订付梓，使其《岛噫集》、《方舆互考》、《岛居随录》等书得以存世。林树梅、陈延香等有心之士，为吾邑乡邦文献之流传做出贡献，乃吾侪后辈学习的榜样。厦门市图书馆踵武先贤之心迹，致力于厦门地方文献的搜集、整理与开发，不仅使珍藏深闺的地方文献为世人所利用，更俾绵延千百年之地方文献得予薪火相传。此乃《厦门文献丛刊》编纂之初心，亦是《莲山堂文集》校注刊行之意图。

陈延香于民国七年（1918 年）重刊《莲山堂文集》，至今恰为百年。百年沧桑变迁，现今可查者，有厦门市馆、同安区馆、厦大馆、福建省馆、南京馆和国家馆收藏。除此以外，其他存世者恐也不多，故我们将其纳入《厦门文献丛刊》之中，校注刊行。《莲山堂文集》主要收入的是陈如松的论、说、记、序等作品，而其诗词作品当在《百篇诗》、《老来吟》诸稿之中，可惜这些诗稿早已散佚。在编纂过程中，我们曾努力搜罗陈如松的诗词等其他遗作，除了在金门陈坑陈氏的《浯卿陈氏世谱》中寻得陈如松的《议重建陈卿大宗祠堂引言》遗作一篇外，其他一无所获。此乃较大遗憾，因未能更为全面地展现陈如松任意率情之文风。

陈延香重刊《莲山堂文集》，除了保留陈如松的自序外，还有上杭丘复、建宁范毓桂、晋江叶耀垣、同安吴锡璜、集美陈敬贤及陈延香自己所作的序，并录有《浙江通志》、《太仓州志》、《泉州府志》所载陈如松之传略以及丘复所撰《明太仓知州同安陈公传》于卷端。这些文章，可让读者对陈如松此人有一较为全面的了解。此外，我们还补入了《金门志·人物列传》和《浯卿陈氏世谱·廉》之“陈如松传”两篇，以及《浯卿陈氏世谱·卒葬配享》中有关陈如松之记载一则。其中《金门志·人物列传》之“陈如松传”，有其他小传未曾记载的陈如松两件逸事，《浯卿陈氏世谱·卒葬配享》则有其卒葬时间与地点的记载，可补其传记之所缺，俾其史迹更为充分，其形象更为丰满。

沿袭《厦门文献丛刊》的编纂体例，我们编撰《陈白南如松先生年谱》一文，附于卷后。此份年谱力图勾画陈如松此人的方方面面，然囿于资料有限及编者的孤陋寡闻，难免挂一漏万，还望诸位方家有以指教。同时也望对本书在整理、校注与编辑中的谬误之处，一一纠正，当不胜感激！

再次感谢厦门大学出版社及薛鹏志主任的全力支持！

编　者

2018 年 2 月 15 日